おにごころ

畑中弘子

てらいんく

おにごころ

もくじ

序　オニロンの唄《うた》

オニロンという妖精《ようせい》が遠い星の世界《せかい》からやってきた。長い耳をふりふり、その後ろに丸まった角のような飾《かざ》りをつけ、大きな目をキラキラ光らせていた。

はじめての宇宙《うちゅう》の旅《たび》の途中《とちゅう》に人間界の星にたちよったのだ。

オニロンは人間界の子どもたちをみて驚《おどろ》いた。多くの子どもたちに異様《いよう》な形の生きものがくっついていたからだ。肌《はだ》の色が赤や青や黄や緑とまちまちだ。服装《ふくそう》は縞模様《しまもよう》のパンツ一枚《まい》。肩《かた》や腰《こし》やふとももの筋肉《きんにく》が隆々《りゅうりゅう》と盛《も》り上《あ》がっている。

太い眉毛《まゆげ》に大きな丸い目と鼻。笑《わら》った時、口の両端《りょうはし》からにっと象牙《ぞうげ》色の牙《きば》が見えた。

そして、頭にりっぱな二本の、或《ある》いは一本の角が生えていたのだ。

「あ！　もしかしたら、鬼《おに》ってやつ！」

オニロンはその者《もの》をまじまじとみつめ、確信《かくしん》した。

「こいつらは……、ばあばが言っていた鬼にちがいない！」

ある子は頭のてっぺんに、ある子は背中《せなか》に、ある子は右肩に乗《の》っかっている。それもひとりの子に、いくつもの鬼がいる。奇怪《きかい》な鬼はどこから現《あらわ》れたのかわからない。子どもの身体《からだ》からか、それとも他《ほか》のところからかわからない。

胸《むね》がどきどきしはじめた。

この鬼が子どもにくっついて暴《あば》れ出《だ》すとどうなるかを祖母《そぼ》から聞いて知っていたからだ。いきなり怒《おこ》ったり、泣《な》いたり、わめいたり、ねたんだり、ひがんだり、悪口《わるくち》を言ったり、暴れたりするのだ。

みていると、どの子にも祖母から聞いた通りのことが起《お》こった。荒《あ》れる子どもたちの様子《ようす》に、オニロンの胸は痛《いた》くなった。

「ばあばの言う通りだ。本当にいたんだあ。鬼ってやつが！」

昔《むかし》はオニロンの住《す》む妖精国《ようせいこく》でも鬼《おに》が沢山《たくさん》いたという。身体《からだ》にいつの間にかくっついている鬼たち。みんなから「鬼心」と言って疎《うと》まれた。特《とく》に育《そだ》ち盛《ざか》りの子どもたちにくっつくことが多く、けんかが起《お》こり、いざこざが絶《た》えなくなって、はては命《いのち》を落《お》とす者《もの》もいたという。

今はめったに、鬼に出会うことが無《な》くなった。

鬼の恐《おそ》れる「魔法《まほう》の唄《うた》」が発見されたからだ。

魔法の唄を、誰《だれ》かが優《やさ》しい声で唄う。現《あらわ》れた鬼はその唄をきくと、あわてて耳をふさぎ、どこかへ消《き》えていくからだ。

「ああ、唄を教えてあげたいなあ……。唄が届《とど》くといいのになあ、ちゃんとわかるだろうか？　ちゃんと聞こえるだろうか？」

どきどきはらはらしながら、オニロンは子どもたちに声をかけてみる。なんとか気づいてほしいと思う。

だが、オニロンの声に気づく子は少なかった。

それでも唄い続《つづ》け、語りかけていると、ちょっと気づくそぶりの子がいる。ふりむいた子が小首をかしげる。

ココロン
ココロン
美《うつく》しい音色だ。
ココロン
ココロン
優しい響《ひび》きだ。
ココロン
ココロン

その子についた鬼は驚《おどろ》き、いつのまにか消えてしまった。
ほっとし、心うれしくなったオニロンは、しばらく人間界に留《とど》まることにした。

この頃《ころ》、人間の子どもたちは不思議《ふしぎ》な音を聞くことがあった。
それは決《き》まって、どうしたらよいのか分からなくなったり、いらいらしたりする時だった。ふと音のする方を見ると、決まってそこに奇妙《きみょう》な服《ふく》を着《き》た小さな子が立っていた。

緑色のとんがり帽子《ぼうし》をかぶって、両側《りょうがわ》に長くとがった耳が見えた。その後ろに太い丸まった角のような飾《かざ》りをつけている。緑の半袖《はんそで》シャツと半ズボン。白いわたげのようなえりをつけ、シャツの中央《ちゅうおう》に星型《ほしがた》の色とりどりのボタンが七個《こ》ついていた。

黒く大きな目をキラキラ光らせ、口をとがらせている。

姿《すがた》がしっかりと見えはじめ、何かを話しているのがわかる。話しているのではなく、唄《うた》っているのだ。

奇妙《きみょう》な小さな子が唄い続《つづ》けている。

ココロン
ココロン
輝《かがや》く大空
きらめく星
ここに
ここに

ココロン
ココロン
広がる大地
深《ふか》い海
ここに
ここに

ココロン
ココロン
喜《よろこ》び踊《おど》り
楽しみ唄《うた》い
ここに
ここに

ココロン
ココロン
君《きみ》は愛《あい》されている
君を愛している
ココロン
ココロン

いつどんな時にオニロンに出会えるのか？　魔《ま》法《ほう》の唄《うた》を聞くことができるのか？　誰《だれ》も想像《そうぞう》ができない。

オニロンは、今も人間界に留《とど》まって、子どもたちに語り、唄い続《つづ》けている。

レンジャー帽子《ぼうし》

駿《しゅん》がはじめてレンジャーの野球帽《やきゅうぼう》をみつけた時、胸《むね》がわっと熱《あつ》くなった。

野球帽と同じ形をしているがちょっと違《ちが》うのだ。グレーがかった空色帽子。つばの真上《まうえ》に、勇壮《ゆうそう》なタカの姿《すがた》の刺繍《ししゅう》があった。今にも空に飛《と》び立《た》とうとしている。広げた翼《つばさ》の色は金色だった。

「格好《かっこう》いいい！」

ほしいほしいと思う。

こんな気分になるのは久《ひさ》しぶりだ。まだ妹が生まれていない頃《ころ》は何にでも興味《きょうみ》がわいてほしくなった。今は段《だん》ボール箱《ばこ》に入って倉庫《そうこ》の奥《おく》にしまわれている。奇《き》妙《みょう》な貝や石ころやボールや紙袋《かみぶくろ》やカードや、車や船のミニチュアや怪獣《かいじゅう》のフィギュアなどなど。思い出すとどうしてあんなにほしかったのか、どうしてあんなに夢中《むちゅう》になったのかわからない。

だが、レンジャー帽子を見た時、一瞬《いっしゅん》、あの頃にもどった気がした。「一生懸《いっしょうけん》命《めい》な気持《きも》ち」「ほしくてたまらない気持ち」があふれでてきた。

しつこく頼《たの》んで四月の誕生日《たんじょうび》祝いを二か月も前倒《まえだお》しにし、お小遣《こづか》いも少しへらすことにし、レンジャー帽子を買ってもらった。それから放課後《ほうかご》や家族《かぞく》とどこかへ行く時は必《かなら》ずかぶっていく。

もうすぐ四年生になる春休みのことだった。

空は青くすみわたり、桜《さくら》の花びらが勢《いきお》いよく地面《じめん》に落《お》ちてくる。ちょっと風があるのも心地《ここち》よい。駿の心も躍《おど》る。

今日《きょう》は学校のみんなと公園広場で遊《あそ》ぶことになっていた。仲良《なかよ》しの勇太《ゆうた》もくうちゃんも一緒《いっしょ》だ。

朝食がすむとすぐに、駿はお気に入りの帽子をかぶって、玄関《げんかん》にむかう。お母さんが追《お》ってきて言った。

「駿《しゅん》、寒《さむ》くない？　その格好《かっこう》！」

昨日《きのう》まで着《き》ていた長ズボンを半ズボンにかえたところだ。

「へいき、へいき」

黒の半ズボンの上はまだ長袖《ながそで》シャツだ。ふわっとした着心地のよいクリーム色のシャツである。

「行ってきまーす」

「お昼にはちゃんと帰ってきてよー。お母さん、出かけるんだから」

「わかってるー」

家をでると右の方向《ほうこう》へ。道をはさんで両側《りょうがわ》に家が並《なら》んでいた。それぞれの塀《へい》や垣根《かきね》や玄関口《げんかんぐち》を通《とお》り過《す》ぎると、広い道路《どうろ》にでる。右に折《お》れ、街路樹《がいろじゅ》のある歩道をしばらく歩く。そして横断歩道《おうだんほどう》を渡《わた》ると、そのさきが公園になっていた。

むこうの歩道をサッカーボールをもった勇太《ゆうた》が歩いていた。

公園の入り口でくうちゃんが手をふっている。

三人はちょうど同じように公園に着《つ》いて、ころがるように広場にかけていった。

勇太がサッカーボールをもってきていたので、三人でけりあっていたが、直《す》ぐにあきてしまった。

みんながきたら、もっと面白《おもしろ》い何かができるはずだ。もとの入り口までもどる。

「みんな、おっせえなあ」

と、勇太が大きな声を出し、ちらっと駿のほうをむいたのだ。

その時、駿がちょうど帽子《ぼうし》のむきをかえたから、りっぱなタカの刺繍《ししゅう》が勇太の目に入った。

「おまえ、格好ええ帽子かぶってるやん」

「レンジャー帽子なんや」

「へえー、レンジャーかあ。ちょっと貸《か》してくれ」

駿はほんの少しだけ、たじろいだ。貸してあげた大事《だいじ》なおもちゃをうしなったり、よごしたりしたことを思い出したからだ。

――この帽子を汚《よご》されたら……、いややなあ……。

その一瞬《いっしゅん》のすきに、勇太の左手がレンジャー帽子のつばをとった。

突然《とつぜん》のことで、駿はびっくりして目を白黒させる。とりもどそうとしたが、その時にはもう帽子は勇太の右手にうつっていた。

「返《かえ》せよ」

「ちょっとみせてくれてもいいやろ」

勇太《ゆうた》は帽子《ぼうし》をひらひらさせながら走りだした。駿《しゅん》が追《お》いつき、もう少しで取《と》りもどされる時だった。

「そーれ、空へ飛《と》んでいけー」

駿の頭を越《こ》えて、帽子が舞《ま》い上《あ》がった。

「あ」

何ということだ！

翼《つばさ》を広げたタカのレンジャー帽子が空の中に消《き》えてしまった。いや、ベンチの横《よこ》の花壇《かだん》を越えて先の歩道に飛んでいった。

「なに、するんやあ」

「タカになって飛んでいったわ！」

「こらあ！　おまえ、とってこい」

「お前の帽子やろ。おまえがとりにいけばいいい」

「ほんま、怒《おこ》るぞ、勇太！」

「大事《だいじ》な大事なレンジャー帽子、レンジャー帽子、レンジャー帽子」

はやしたてるような言い方に、駿はかっとする。

「とってこい言うてるやろ！」

駿が勇太をにらみつける。

そばにいたくうちゃんが、「ケンカ、だめだよ！　あたし、とってくるよ」と、言った。とたんに、駿はもっといやな気分になった。自分でもわからないが、くうちゃんをにらみつけて言う。

「あかん！　勇太にとってこさすんや！」

駿の勢《いきお》いにくうちゃんが目を大きく見開《みひら》いてうなずいた。

駿は言う。

「勇太！　はよ、行け！」

ちょうどその時、約束《やくそく》していた仲間《なかま》たちが公園に入ってきたのだ。とたんに、勇太はその方向《ほうこう》に脱兎《だっと》のごとく走っていった。くうちゃんも続《つづ》けてかけていってしまった。

駿がひとり残《のこ》される。

「なんでやあ！　勇太《ゆうた》のあほー。もう遊《あそ》ばん！」

駿《しゅん》はみんなとは反対《はんたい》に、公園の入り口へむかう。顔がかっかと、赤くなってくる。横断歩道《おうだんほどう》を渡《わた》る。街路樹《がいろじゅ》のある歩道を走るように歩いた。手を後ろにして口をとがらしてどんどん歩いた。もうすぐ、駿の家のほうへまがる道だ。その時はっと気がついた。

——帽子《ぼうし》、どうなった？

心臓《しんぞう》がドック！

——おれのレンジャー帽子！　大事《だいじ》な大事なレンジャー帽子！　あいつにとってこさせるはずやった！

ドック、ドックと心臓の音が追《お》っかけてくる。

「ああ、みんな、あいつのせいや！」

頭の中は勇太への腹立《はらだ》たしさでいっぱいだ。

——あいつ、平気《へいき》な顔でみんなの所へ行ってしもうた。くうちゃんもいっしょに行ってしまうやなんて……。おれはゆるさん！

とたん、何の前触《まえぶ》れもなく駿の足がもつれて倒《たお》れそうになった。あわてて両手《りょうて》をついたが左の膝小僧《ひざこぞう》が地面《じめん》にあたった。
「痛《いた》い!」
じわっと血《ち》がにじむ。
顔をあげると、ぶぶぶーんとあぶが目のまわりを飛《と》ぶ。
「うるさーい!」
立ち上がると、勢《いきお》いよくあぶをおいはらい、駿は考えた。
——もう公園には行かないからな。誰《だれ》が誘《さそ》いにきても行かないから。
そして、もっといやなことを想像《そうぞう》した。
——もしかしたら、勇太とくうちゃん、おれと一緒《いっしょ》に遊ぶのいやなのかも……。
だから……、おれの大事な帽子を取《と》って捨《す》てたのかもしれない……。
駿の目がどんどん大きくなる。目の中に湿《しめ》っぽいものがあふれそうになった。

ブルン、ブルン、ブルルーン
駿のぼやけてきた視界《しかい》の中、二車線道路《どうろ》のむこうに、一台のトラックがとまった。運転席《うんてんせき》から、いつもみかける宅急便《たっきゅうびん》のお兄さんがでてくる。荷台《にだい》のほうに

荷物《にもつ》を取《と》りにかけていった。
その時だ。
ココロン
ココロン
頭の上から奇妙《きみょう》な音が聞こえてきたのは。
ココロン
ココロン
首をまわして、見上げると、
「う？」
街路樹《がいろじゅ》の木の枝《えだ》に男の子が腰《こし》をかけて、駿《しゅん》を見下ろしている。
両足《りょうあし》をぶらぶらさせていた。駿の目に奇妙な靴《くつ》が飛《と》びこんでくる。先のとがった緑色の長靴だった。
「なんで？　誰《だれ》なんや？」
目をぱちくりさせる。
その子が大きく口を開《あ》ける。

「ココロン、ココロン、ココロン」

いきなり木から飛《と》びおり、目の前に立った。

背丈《せたけ》は駿《しゅん》の胸《むね》あたりしかない。緑色のとんがり帽子《ぼうし》をかぶっている。両側《りょうがわ》に長くとんがった耳とその後ろに象牙《ぞうげ》の飾《かざ》りのような丸まった角があった。大きなキラキラ光る黒い瞳《ひとみ》。半ズボンに白いわたげのようなえりをつけた半袖《はんそで》シャツ。中央《ちゅうおう》についた七個《こ》の丸いボタンがかわいらしい。

「おまえ、誰《だれ》や！」

「おれはオニロン！」

だが、駿の耳には鈴《すず》を鳴らしたような響《ひび》きしか聞こえてこない。

ココロン
ココロン
その子はまるい目を三日月にして、また口を動《うご》かした。

「おお！　おれに気がついた！」

ココロン
ココロン

駿は、

「へんなヤッ！　おれは今、腹立《はらた》ってるんや！」

とつぶやくと、オニロンの横《よこ》を通《とお》り過《す》ぎた。

駿の後ろ姿《すがた》を追《お》って、オニロンは一生懸命《いっしょうけんめい》、魔法の唄《うた》を唄う。

ココロン
ココロン
輝《かがや》く大空
きらめく星
ここに
ここに
ココロン
ココロン
広がる大地

深《ふか》い海
ここに
ここに

ココロン
ココロン
喜《よろこ》び踊《おど》り
楽しみ唄い
ここに
ここに

ココロン
ココロン
君《きみ》は愛《あい》されている
君を愛している

ココロン
ココロン
前を歩く駿《しゅん》の耳に、子守唄《こもりうた》のような優《やさ》しい響《ひび》きが追《お》ってくる。
と、
小さい時のことが今そこにいるような感覚《かんかく》で思い出されてきたのだ。
ココロン
ココロン
不思議《ふしぎ》な音は後ろからではなく、目の前の木の上から聞こえた。思わず見上げると、
「う?」
駿は目をぱちくりさせた。
「なんで?」
街路樹《がいろじゅ》の木の枝《えだ》に乗《の》っているのは勇太《ゆうた》だったからだ。
勇太が叫《さけ》んでいる。

「おーい、そこの綱《つな》、ほうってくれー」

確《たし》かに勇太《ゆうた》の声だ！

勇太たちと基地《きち》つくりをしたことを思い出した。小学校に入ったばかりの頃《ころ》、毎日のように住宅地《じゅうたくち》のはずれの森林公園へ遊《あそ》びにいった。自然林《しぜんりん》が残《のこ》っていて、勇太のおにいちゃんが秘密《ひみつ》の基地の隊長《たいちょう》だった。

近くの木の丈夫《じょうぶ》な枝に綱をわたしてブランコもつくった。

「次《つぎ》は、そこの綱をほうってくれー」

と、勇太。

「これのことー！」

すぐ横《よこ》でくうちゃんの声がした。

「なんで？」

駿《しゅん》はもう二人から目をはなせない。

くうちゃんが威勢《いせい》よく綱をほうりなげている。

ココロン
ココロン

勇太やくうちゃんと遊んだ楽しいことが駿の頭をかけめぐった。園や学校から行った遠足や運動会《うんどうかい》や音楽会、家族一緒《かぞくいっしょ》で行った海水浴《かいすいよく》やキャンプや山登《やまのぼ》りなど、次々《つぎつぎ》と浮《う》かんでくる。

ココロン

ココロン……

立ちつくしていた駿は、両手《りょうて》で頬《ほお》をぽんぽんと叩《たた》いてつぶやいた。

「おれ……、こんなに怒《おこ》らんでもいいのかな？　勇太やくうちゃん、心配《しんぱい》してるかも……。おれ、帽子《ぼうし》、取《と》りにもどろかな？」

ブルブルブルー！

エンジンをふかす音だ。むこうの道にとまっていた宅配便《たくはいびん》の車からである。お兄さんが運転席《うんてんせき》にもどってきていて、すぐに車は動《うご》きだした。あちこちから騒《さわ》がしい音が耳に入ってくる。

はっとしてあたりを見まわした。

誰《だれ》もいない。

駿《しゅん》はふう――と大きく息《いき》をはくと、

「よし、帽子《ぼうし》を取《と》りにもどるか！」

と言った。

駿はもと来た道を公園広場にむかってかけだした。

レンジャー帽子は垣《かき》の中にも、道路側《どうろがわ》にもなかった。それは公園の水飲み場の横《よこ》に、勇太《ゆうた》のサッカーボールと一緒《いっしょ》に置《お》いてあった。

「駿、はよう、はよう！」

勇太が手をふっている。

「駿くーん、こっちこっち」

くうちゃんが手招《てまね》きをしている。

駿はレンジャー帽子をかぶると、みんなのほうに勢《いきお》いよくかけだしていった。

走る駿の真上《まうえ》で、オニロンが空中ダンスをしていた。

だが誰《だれ》の目にも見えない。

最後のシール

「お兄ちゃーん、シール、返《かえ》してよー」

春菜《はるな》がエレベーターのところまでかけていくと、ドアがゆっくりしまった。中にいるお兄ちゃんが両手《りょうて》の親指《おやゆび》で鼻《はな》の穴《あな》をふさぎ、残《のこ》りの指をひらひらさせて笑《わら》っている。

「うもう！　お兄ちゃんなんか、だいっきらいや！」

春菜はその場でとんとん足をならして怒《おこ》っている。にくらしいポーズだけがしっかりと春菜の目に残る。ここが家の中だったら、春菜はもっと大声を出しているところだ。

ところが十一階建《かいだ》てマンションの七階。叫《さけ》び声《ごえ》が、どんなにすごい怪獣《かいじゅう》の声になってあたりに響《ひび》くかをもうすぐ三年生になる春菜にはよくわかっていた。兄は中学生になる。

「ほんまに、あほなす、かぼちゃ。お兄ちゃんなんか、かえってくんな！」

ぶつぶついいながら、家にもどる。もどるなり、お母さんに言った。

「おかあさーん！　お兄ちゃんがあたしのシール、とったんや」

居間《いま》でかたづけをしているお母さんが、

「またけんか！　春菜、あんた、シールようけ持《も》ってんねやろ。一枚《まい》ぐらい、どうってことないやろが」

「どうってことあるんや！　一番大事《だいじ》なシールなんやあ」

春菜は居間の入り口にかかった玉すだれをガシャガシャ鳴らして、部屋《へや》に入る。お母さんのスカートをひっぱり、甘《あま》えた声でうったえた。

床《ゆか》の上に足をなげだすと、春菜は持っていた紙袋《かみぶくろ》をひざの上に置《お》く。二つに折《お》られているシールはちょうどはがきの大きさだ。一枚ずつていねいに広げ床のうえに並《なら》べた。それぞれ違《ちが》った動物《どうぶつ》のシールだ。動物たちは色々なポーズをとって張《は》り付《つ》いていた。

「あ、馬さんだ！　お母さん、お兄ちゃん、馬のシールをとっていった！」

「お兄ちゃん、馬年だからねえ」

お母さんはかがんで、春菜《はるな》と同じ高さになると、

「いいじゃないの。まだ沢山《たくさん》あるでしょ」

「沢山、ないよ。これでもうおしまい」

床《ゆか》にならんでいるのはたったの三枚《まい》。

お母さんは、

「え、もう三枚になったん？　たしか、十二、もらったはずでしょう……」

そもそもこのお気に入りのシールは、玩具店《がんぐてん》に勤《つと》めている叔父《おじ》さんが持《も》ってきてくれたものだ。

叔父さんが笑《わら》いながら、

「春菜ちゃんにはわかるかな？　干支《えと》のシールなんやで」

ねずみ、牛、とら、うさぎ、竜《たつ》、へび、馬、羊《ひつじ》、猿《さる》、にわとり、犬、いのししの十二種類《しゅるい》のシールだ。どのシールもぷくんとふくれて、つるつるしている。さわるとぷくん、つるんと、いい感《かん》じだった。何かを食べていたり、コップを持っ

ていたり、走る格好《かっこう》、歩く姿《すがた》、笑《わら》ったり、にらんでいたりなどなど、どれひとつとして同じ格好や表情《ひょうじょう》をしている動物《どうぶつ》はいない。

初《はじ》めのうちは沢山あるものだから、得意《とくい》になって近所《きんじょ》やクラスの子たちにみせびらかす。ほしいという子にあげたり、違《ちが》うシールやおもちゃと交換《こうかん》したりした。

そして……、今では三枚しか残《のこ》っていない。

春菜はシールを見ながら言う。

「ね、お母さん、みて、みて。うさぎやろ。犬やろ。牛やろ。わたし、このうさぎ、一番かわいいと思うの」

「菜《な》っ葉《ぱ》を食べてる格好、ほんま、かわいいねえ。お母さん、ほしいわあ」

「あかん！」

春菜はあわてて床からシールを集《あつ》め、おでかけバッグの中ポケットにしまった。

その日の午後、春菜はシールの入ったバッグを持って、児童館《じどうかん》に出かけた。仲良《なかよ》しの子とシールのみせあいっこやおしゃべりやゲームをして、そろそろ帰ろうとした時だった。

はっちゃんが声をかけてきたのだ。はっちゃんはいつも長い髪《かみ》をふたつにくくっている格好《かっこう》いい上級生《じょうきゅうせい》だ。おかっぱ髪《がみ》の春菜《はるな》は髪を長くしてはっちゃんのようにしたいなと思う。けれど面長《おもなが》で目がキリリとしたはっちゃんに比《くら》べ、春菜の顔も目も正反対《せいはんたい》のまんまる。お母さんから「似合《にあ》わないよ」と、あっさり言われた。だから、ちょっと考え中なのだ。

はっちゃんは細長の目をきらきらさせて、

「春菜ちゃんやろ」

と言った。

「うん」

「うち、初美《はつみ》！　おんなじ、『は』がつくんやね。なかようしょーな」

春菜はうれしくなった。

うなずくと、はっちゃんが、

「なあ、春菜ちゃん、うちらのほうの公園へいこか。ジャングルジムがあるんやで」

「遠い？」

春菜は遠くへいってはいけないと言われている。

「ううん？　春菜ちゃん、1団地《だんち》やろ、うち、2団地。隣《となり》の団地なんやから遠くないよ。2団地のG棟《とう》や」

——G棟って、聞いたことない。けど2団地なんやから……。五時までに、帰ってきたらいいいんやし……。

「ええで。五時までやったら」

と、春菜が答えた。

はっちゃんはすぐ春菜の手をとった。

シールを入れたバッグが春菜の腰《こし》にあたって大きくゆれた。

児童館《じどうかん》を出て、目の前の二車線道路《どうろ》を越《こ》えるともう春菜たちの団地だ。高層《こうそう》ビルのうら道をすすむ。垣根《かきね》や芝生《しばふ》やコンテナ置《お》き場《ば》をよこぎった。隣の団地だと言うけれど、春菜にはどこをどう歩いているのか、見当がつかない。入ったことのない隣の団地だった。

「はっちゃん、まだあ？」

「これでも近道してるんやでぇ」

「ふうーん」

建物《たてもの》の谷間を抜《ぬ》け、ぱっと目の前がひろがった。そこは水のみ場も砂場《すなば》もすべりだいもぶらんこもある広場だった。奥《おく》にはジャングルジムが見える。緑色をして、ペンキぬりたてのように光っていた。ジャングルジムの大好《だいす》きな春菜《はるな》は思わずかけだした。後ろからはっちゃんも追《お》ってくる。

そして、ジャングルジムにかた足をかけた時、はっちゃんがふいに言ったのだ。

「春菜ちゃん、あんた、干支《えと》のシール持《も》ってきてるやろ」

「え?」

何のことか、いっしゅん、わからない。

はっちゃんはまた言った。

「干支のシールや。うさぎとか犬とかの……、持ってんねやろ」

春菜は思わず、「うん」と首をたてにふっていた。

言ってしまってから、なぜかいやな思いになった。

——持ってるって、言わないほうがよかったかな……。

「見せてえな」

と、はっちゃんが言った。

春菜はバッグを開《あ》け、中ポケットに手を入れる。

「ふう」

大きなためいきをひとつして、顔をあげた。

はっちゃんがじっとみつめている。

「ね、見せてえな」

「うん」

もそもそしていると、はっちゃんが言った。

「ねえ、春菜ちゃん。そのシール一枚《まい》だけ、ちょうだい！　仲良《なかよ》しのしるしに
……」

春菜の心臓《しんぞう》はドキンと鳴った！

ちょうどシールを一枚つかんでいたからだ。

春菜は懸命《けんめい》に考えた。

――そうやなあ……。仲良しのしるしにって言うてるんや……、一枚あげてもいいのかなあ……。けど、最初《さいしょ》に、どうぞ、牛のシールがでてきますように……。

うさぎは絶対《ぜったい》でてきませんように……。

ところが犬とうさぎのシールがつらなって、出てきたのだ。

春菜《はるな》はあわてて、それをバッグにもどすと、ふたたび、中ポケットから、残《のこ》っている牛のシールをとりだした。

「はい、これ、あげる……。仲良《なかよ》しのしるし……」

はっちゃんはうれしそうにシールを受《う》け取《と》った。ひっくり返《かえ》したり、すかしたりしてみている。

「わあ、面白《おもしろ》い！　この牛、みんな、ポーズがまちまちや。かっこいいなあ。それになんかつるつるして、気持《きも》ちいいやん。あっがと！　春菜ちゃん！」

それからジャングルジムで鬼《おに》ごっこをして遊《あそ》んだ。

ジャングルジムにもあきて、ベンチに腰《こし》をかけていた時だった。

はっちゃんがまた言った。

「ねえ、うち、これからあんたにバドミントン、教えてあげよとおもうね。春菜ちゃん、やったことある？」

「うん、ちょっとだけ」

「うち、うまいんやで。教えたげるな。ほんで教えたげるかわりに、さっきの犬のシールもちょうだい」

「え?」

春菜は思わずスカートのポケットをおさえる。

——犬、やってしもたら、うさぎ、一枚《まい》きりや!

「せやかて……」

それだけいうと、春菜はだまりこんだ。

はっちゃんは、もそもそ身体《からだ》を動《うご》かしている春菜をじっとみつめ、それから春菜のチェックがらのスカートを右手でちょっとつついた。

「なあ、春菜ちゃん、うちら、友だちやろう。それに、バドミントン、教えてあげるんやでえ。なあ、お願《ねが》い! 犬のシール、ちょうだいよ。あんた、干支《えと》のシール、いっぱい、いっぱい! 持ってるって言うてたやろ」

——いっぱい、いっぱい! 持ってたけど……、今はもうないんや……。

春菜は顔をこわばらせ、うつむいた。

クシュン！

クシュン！

砂場《すなば》のほうからかわいらしいくしゃみが聞こえた。

ふたりは同時に、そのほうを見る。男の子が一心に砂をすくっていた。そばでみていた女の人がいやがる男の子の鼻《はな》をティッシュでふいた。

春菜《はるな》はその様子《ようす》をみて、ふいに思った。

――お母さん、どうしてるかな？

「はよ、出してえな」

はっとわれにかえった春菜。

――ああ、どないしょ、はっちゃん！　怒《おこ》らしたら遊《あそ》んでくれへん。それに、こんなとこで、ひとりになったら、あたし、帰られへん！

春菜はまた考えた。

――二枚《まい》あげても一番大好《だいす》きなうさぎのシールが残《のこ》るんや……。

「わかった！　けど、もうこれだけやで。もうあげへんで」

犬のシールがはっちゃんの手ににぎられた。

「春菜ちゃん、あっりがと！　うちら、仲良《なかよ》しやもんな。ほな、ラケット、とってくるからな。あんた、ここでまっときや」

はっちゃんは自分の家のほうにかけていった。

元気な声といっしょに、はっちゃんの姿《すがた》が見えなくなる。

急《きゅう》にあたりが静《しず》かになった。

ザザー、ザー

ザザー、ザー

遠くで、幹線道路《かんせんどうろ》を走る車の音がしている。

春菜は花壇《かだん》をかこっているレンガの上に腰《こし》をおろした。ジャングルジムと砂場のちょうど真《ま》ん中《なか》あたりにあって、はっちゃんがかけていったほうをむいていた。はっちゃんは高層《こうそう》ビルの壁《かべ》と壁の間を走っていったのだ。

「ふう！」

ためいきをついて、身体《からだ》をよじる。と、ふわっといい匂《にお》いがした。きょろきょろみまわすと、花壇に植《う》えられたパンジーからだ。青や黄や紫《むらさき》や白のかわいい花が満開《まんかい》だ。

春菜《はるな》は立ち上がると、二、三歩近づく。

「わあ、ええにおいや」

それから、「ひとつ、ふたつ、みっつ……」と数えていった。数えきれないほど咲《さ》いている花を十二まで数え、またレンガの上に座《すわ》った。まだ、はっちゃんはもどってこない。

「おそいなあ……」

クシュン！

さっきの砂場《すなば》のほうからだ。お母さんらしい人が今度《こんど》は白いハンカチをとりだし、男の子の鼻《はな》をふいている。やがて遊《あそ》び道具《どうぐ》をナイロン袋《ぶくろ》に入れると、ふたりは手をつないで帰っていった。

ぼんやりその様子《ようす》をみながら、春菜が考えていることははっちゃんのことばかり。

――なにしてんねやろう……、おそいなあ、どこまでいったんや。はよ、もどってきてほしいなあ。

ザー、ザー、ザザーー

ザー、ザー、ザザーー
車の音がさっきよりも少し近くに聞こえた。

――はっちゃん、どうしたんやろ……。

春菜は立ち上がって、はっちゃんが去《さ》ったほうをにらむようにみつめる。

――何か用事《ようじ》ができたのかな？

広がっていた青空に雲が増《ふ》えてきた。

――えらいくろうなってきた……。

風がほおをひゅうとなでていく。

――寒《さむ》うなってきたやん。

それでもビルの隙間《すきま》から、はっちゃんはもどってこない。

――なんでやろ？

足がふにゃっとなって、自分の耳が象《ぞう》のようにふくらんでいく感《かん》じだ。

――どないしよ……。もし、もどってきてくれへんかったら……。

あたりはさっきよりももっと暗《くら》くなっていた。空と同じように、春菜の目からも、今にも水のつぶがあふれおちそうだ。

──このまま夜になってもうたらどないしょう。おなかもすいてくるし、寒《さむ》くなるし……。

ぶるんとからだが震《ふる》えた。

──あたし、もしかしたら、ここで死《し》んでしまうかもしれん……、お母さん、お母さん。お母さん……。


やっとはっちゃんがもどってきた。

手にラケットを持《も》っている。息《いき》をきらせながら、

「おそなってごめん！　さがしてたんや。さあ、線をかくからな」

と、そのとき、突然《とつぜん》、春菜《はるな》が言ったのだ。

「あの、わたし、バドミントン、せーへん！」

はっちゃんは口を半分開《あ》けて、春菜をみつめた。

「なんでや？」

春菜にもわからない。

春菜は遊《あそ》びがすぐにいやになって帰るような子ではない。バドミントンだって

大好《だいす》き。でも、春菜は今、バドミントンをしたくない。わけなどないのだ。ただしたくない。

「ほな、何がしたいんや？　サッカー？」

「ううん」

春菜は首を横《よこ》にふった。

「なあ、面白《おもしろ》いゲーム教えたろか？」

「いや！」

「そうや、あんたやったら、シャボン玉がいいかも！」

「シャボン玉、しとうない！」

「ほな、どうしたらいいんや？」

春菜ははっとした。何もしたくない。ただ家に帰りたい。

「あの、もう帰る！」

「ええっ？　もう帰るん？」

「うん、帰る」

「……」

はっちゃんは春菜《はるな》をにらんで言った。

「なんや、あんた、へんな子やな」

「せやかて、帰る！」

春菜も口をとがらせて、はっちゃんをにらむ。

「かってにしい。あんた、ここからどうやって帰る気？　うち、送《おく》ったげへんかったら、あんた、ひとりで帰られへんやろ」

春菜の足はおれそうだ。息《いき》があらく、耳が熱《あつ》くなってきた。

「……」

そして、はっちゃんが言った。

「ほな、帰り。わたし、ちゃんと送《おく》ったるから、もうひとつシール、ちょうだい！」

「え？」

「な、もうひとつだけ、シールちょうだい！　あんた、いっぱい、いっぱい持《も》ってるんやから、あとひとつぐらい、いいやろ……」

「……」

春菜は考えた。

——この干支《えと》シールはこれで終《お》わりや。けど……、いややって言うたら、帰る道を教えてくれへんかもしれん。わたし、ひとりで帰られへん……。

春菜はのどからしぼりだすように、

「うん。いいけど……」

と答え、最後《さいご》のシールを差《さ》し出《だ》した。

にこっと笑《わら》うとシールを受《う》け取《と》り、はっちゃんはかけだした。春菜も遅《おく》れないように走った。

公園を抜《ぬ》け、高層《こうそう》ビルを越《こ》え、中ぐらいのビルを横《よこ》にみて、しばらくすると、目の前にまた高い高層ビル群《ぐん》があらわれた。

1団地《だんち》だ！

春菜の胸《むね》がきゅっと痛《いた》くなる。

——あたしの家や！

春菜の家は真《ま》ん中《なか》のビルの七階《かい》にある。はっちゃんを追《お》い越《こ》し、「さようなら」も言わないで走った。

また身体中《からだじゅう》がかっかと熱《あつ》くなる。

――家に帰れる！　ちゃんと家に帰れる。

夢中《むちゅう》でエレベーターにのり、七階《かい》へのボタンを押《お》し、やっと自分の家の玄関《げんかん》にたどりついた。

ドアベルを鳴らすと、すぐに玄関が開《ひら》いた。

「おかえりぃー、ちゃんと手洗《てあら》いしてね」

台所《だいどころ》からのいつものお母さんの声だ。

春菜《はるな》は一目散《いちもくさん》に自分の部屋《へや》に入る。

ベッドの上に背《せ》を丸くして座《すわ》る。とたんに、いろんな嫌《いや》な思いが身体中をかけめぐった。

もう自分は一枚《まい》もシールを持《も》っていない。どうしてお兄ちゃんが言うように大《だい》事《じ》にシールはとっておかなかったのだろう。どうしてみんなにいい格好《かっこう》してあげてしまったんだろう！

「しょうない！　しょうない！　わたしがあげたんやから。いややって言われへんかった！　なんで言われへんのや！　何であかんって言われへんのや……」

目の前がぼわっとぼやけてくる。

その時だった。

　ココロン
　ココロン
優《やさ》しい音色だ。

「何の音？」

春菜は顔をあげた。

「あ」

机《つくえ》の上に、小さな男の子があぐらをかいて座《すわ》っていた。上半身《じょうはんしん》を振《ふ》り子人形《こにんぎょう》のように左右に動《うご》かしている。

「誰《だれ》？」

「オニロンさ。あーあ、やっと気がついた！　おまえ、すっげえいっぱい！　鬼《おに》だらけ」

だが、春菜の耳には、
　ココロン

ココロン
としか聞こえなかった。
春菜《はるな》は目を丸くして奇妙《きみょう》な姿《すがた》をじっとみつづけた。
緑色のとんがり帽子《ぼうし》をかぶっている。長くとがった耳と黒く大きな目。耳の後ろに太くて丸い角のような飾《かざ》りが見える。緑の半ズボンと半袖《はんそで》シャツを着《き》て、シャツの中央《ちゅうおう》に星型《ほしがた》のきれいなボタンが光っていた。
ココロン
ココロン
オニロンは魔法《まほう》の唄《うた》を唄う。
春菜はほっと口を半開《はんびら》きにしてみつめた。
心地《ここち》よいリズムが聞こえてくる。
ココロン
ココロン
そして、リズムにあわすようにして、廊下《ろうか》のほうからお母さんの声がした。
「春菜。ごはんにするよー」

春菜が廊下のほうに顔をむけた瞬間《しゅんかん》、奇妙な小人も唄も消《き》えてしまった。

それからしばらく、春菜は珍《めずら》しく無口《むくち》だった。児童館《じどうかん》へ行くこともなかった。ある日のこと、お兄ちゃんに新しい本箱《ほんばこ》が届《とど》いた。今まで使っていたものもまだきれいだったので、春菜はお兄ちゃんの本箱をもらうことになった。だが問題《もんだい》は怪獣《かいじゅう》やムキムキマンのようなシールがべたべたとはってあることだ。

その夜、お兄ちゃんが本箱を持《も》って、春菜の部屋《へや》へ入ってきた。シールはきれいにはがしてあった。

残《のこ》っているシールの跡《あと》をなでながら、お兄ちゃんが言った。

「おまえ、ええシール持ってるやろ。上からはったらいい。おまえの好《す》きなデザインの本箱ができるってことや!」

とたんに春菜は思い出したくないことを一気に思い出した。胸《むね》がきゅっといたくなった。

顔がこわばる。

口をとがらせると、お兄ちゃんに怒《おこ》ったように言った。

「干支《えと》のシールのことやったら、もうない！」

「ええ！　どういうことや？」

驚《おどろ》いた声を出したお兄ちゃんに、春菜《はるな》は、

「はっちゃんって子にみんな、あげた！」

と言った。

「みんなかあ？　はっちゃんて誰《だれ》や？」

お兄ちゃんの声が大きくなる。

「児童館《じどうかん》の子」

「あほか！　なんでやったんや」

「せやかて、くれって、いうんやから」

「くれていわれたら、なんでもやるんか！」

お兄ちゃんは目をまんまるにして、

「そんなときは、いやや！って、しっかりいうんや」

と言うと、机《つくえ》の上の真《ま》ん中《なか》に本箱《ほんばこ》をどんと置《お》くと、部屋《へや》を出ていった。

足音が聞こえなくなってから、春菜はじわっと目頭《めがしら》が熱《あつ》くなった。どんどん涙《なみだ》がでてきてしかたがない。もうわすれていたことなのに……。涙があふれないように、目を大きく大きく開《ひら》いた。

「そんなん言うても、あたし……、言われへんかったんや！」

耳が熱くなって、身体中《からだじゅう》に熱《ねつ》が伝染《でんせん》していく。春菜はなぜか腹《はら》がたってきて、大きな声を出した。

「はっちゃんとはもう遊《あそ》べへんから！　あの子、嫌《きら》いや、大嫌いや、絶対《ぜったい》遊べへん！」

ベッドに倒《たお》れ込《こ》むように横《よこ》になると、足をばたつかせ、恐《おそ》ろしい怪獣《かいじゅう》のような声を出した。その大きな声に驚いて、あわてて布団《ふとん》を頭からかぶった。ひとしきりおんおん泣《な》いた。

その時だった。

どこからか聞き覚えのある声がした。

ココロン
ココロン
ふとんから顔をそっと出す。目の前の机《つくえ》の上に奇妙《きみょう》な男の子がいた。この前見た子だ。

とがった耳と緑の服《ふく》を着《き》た小さな子。春菜《はるな》が見ているとわかると、まんまるい目を急《きゅう》に細くした。

「お、やっと気がついたか！　おまえの鬼《おに》どもは半端《はんぱ》じゃないぜ！　あばれ鬼、大泣《おおな》き鬼、雄叫《おたけ》び鬼、おお！　怖《こわ》いのろい鬼もいるぞ！」

勢《いきお》いよく口をぱくぱくさせる奇妙な子。

「よし、よし、春菜。魔法《まほう》の唄《うた》、唄ってやるから、大丈夫《だいじょうぶ》、大丈夫」

春菜の耳には、「ココロンココロン」としか聞こえない。

美《うつく》しい優《やさ》しい響《ひび》きだった。

ココロン
ココロン
輝《かがや》く大空
きらめく星
ここに

ここに

ココロン
ココロン
広がる大地
深《ふか》い海
ここに
ここに

ココロン
ココロン
喜《よろこ》び踊《おど》り
楽しみ唄《うた》い
ここに
ここに

ココロン
ココロン
君《きみ》は愛《あい》されている
君を愛している
ココロン
ココロン

オニロンは一生懸命《いっしょうけんめい》唄《うた》った。

春菜《はるな》は子守唄のように聞きながら、眠《ねむ》ってしまった。


次《つぎ》の日、目をさました春菜は、本箱《ほんばこ》の上に一枚《まい》のシールをみつけた。

「あれ？　これは……」

以前《いぜん》、お兄ちゃんが自分から取《と》っていった馬のシールだ。

馬のシールは一枚《まい》もはがされないで残《のこ》っていた。笑《わら》っている、泣《な》いている、怒《おこ》っている、手を叩《たた》いている、寝《ね》そべっている、走っている、歩いている、唄《うた》っている、食べている馬たちだった。

「わあ、すごーい。ちゃんと全部《ぜんぶ》揃《そろ》ってるー」

わっと身体中《からだじゅう》に熱《あつ》いものがかけめぐる。

「お兄ちゃんが返《かえ》してくれたんや……」

春菜《はるな》の頬《ほお》がほっと赤くなる。

――そうや！　今日は本箱《ほんばこ》、きれいにしよう。馬のシール、はろうかな？　花のシールもあるし……。ああ、あたし、もうすぐ三年生やもん！

春菜の耳に、かすかに優《やさ》しい唄が聞こえた気がした。きょろきょろとあたりをみまわしたが誰《だれ》もいない。

春菜は威勢《いせい》の良《よ》い足音をたてて朝の居間《いま》へとむかった。

美冬《みふゆ》のあいさつ

美冬《みふゆ》は、小さい時から無口《むくち》なおとなしい子だった。幼稚園《ようちえん》に入り、小学校に入学し、三年生になった今でも変《か》わりがない。だからといって、友だちと遊《あそ》ばない、遊びたくないというのでもない。公園へ行ったり、友だちの家でゲームをしたり、時には一緒《いっしょ》に勉強《べんきょう》もする。ただ自分から進《すす》んで何かをしたり、さそったりはしない。授業中《じゅぎょうちゅう》、答えがわかっていてもなかなか手をあげることができなかったし、みんなの前で話すのも苦手《にがて》だった。

美冬とは対照的《たいしょうてき》に、クラスの中で一番発表《はっぴょう》のできる子は健斗《けんと》だった。健斗は、国語の発表も、算数の説明《せつめい》も、話し合いの司会《しかい》もとてもうまい。はきはきとしていて聞《き》き取《と》りやすい。

――あんなふうに、なんでも話ができたらなあ。どうしてすらすら話ができるのかなあ。

あたりまえのように、みんなの前で話したり笑《わら》ったり冗談《じょうだん》を言ったりできるのが不思議《ふしぎ》だった。

美冬も普段《ふだん》と同じように話したいと思う。ただ、話そうとしたら、急《きゅう》にのどの奥《おく》にシャッターがおりてきて、うまく言葉《ことば》が出てこない。話さないといけないと思うとなおさら、お腹《なか》のあたりがぐるぐるなってマグマのような渦《うず》になって、上にむかってあがってくる。そうなるともう顔は真《ま》っ赤《か》っ赤《か》。思ったことのほとんどを言えなくなってしまう。


冬休みになってはじめての日、夕暮《ゆうぐ》れの冷《つめ》たい風が美冬の頬《ほお》を赤くする。空はまだ明るかった。

美冬は、遊びから帰ってこない弟を近くの公園までむかえにいった。家の前の通りをしばらくいくと、低《ひく》い土手に行きつく。大股《おおまた》で五、六歩もあがるとアスファルトの歩道へ。歩道のむこうは用水路《ようすいろ》となっていてフェンスが続《つづ》いている。

道に出て、左へ行くと公園や美冬《みふゆ》の通う小学校がある。右へ行くと街《まち》の中心部《ちゅうしんぶ》を通り、駅《えき》のロータリーへと続《つづ》く。

用水路《ようすいろ》のむこうに土起《つちお》こしをされたばかりのてかてか光る田んぼがひろがっていた。美冬はフェンスの手すりに手をやってしばらく眺《なが》めた。それからくるりと身体《からだ》を回すと、鼻歌《はなうた》をうたいながら歩きだす。

と、その時だった。

にぎやかなしゃべり声が耳に飛《と》びこんできた。聞《き》き覚《おぼ》えのある声たちだ。ぐっとのどに力を入れて口をとじ、にらむようにしてそのほうを見た。担任《たんにん》の大杉《おおすぎ》先生とふたりの男の子である。先生はサッカークラブを指導《しどう》しているので、クラブの子たちにちがいない。

美冬はクラスの子たちと同じように大杉先生が大好《だいす》きだ。真《ま》っ黒《くろ》に日焼《ひや》けした顔と、いつも笑《わら》っているような細い目の先生。休み時間もみんなとよく遊《あそ》んでくれる。だから、美冬は大杉先生とはちゃんと話ができる。

——わ、大杉先生だ！

そして、しっかりと健斗《けんと》の声も聞こえてきた。

――健斗君《くん》も一緒《いっしょ》なんだ……。
とたんに、美冬はある思いが身体中をかけめぐった。
――そうだ、あいさつをしよう。あいさつなら、わたしにもしっかりできる！
健斗君に負《ま》けないくらい元気にしっかりとあいさつをしよう！
だから、美冬はみんながやってくると、大きな声をはりあげてあいさつをした。
自信《じしん》たっぷりに！
「先生、おはようございます！」
先生はびっくりした顔をしたが、すぐに細い目をもっと細めて言った。
「おお、美冬か。うん、さようなら」
とたんに、美冬は恐《おそ》ろしいことに気がついた。
今はもう夕方なのだ！
すれちがった健斗と友だちは笑いをこらえている。白い息《いき》がふたりの口からふ
わっとわき出た。
――何か言ってるんだ……。
美冬にはそのように思え、胸《むね》がキュッとちぢむ。

それからの三人はほんの数分前と同じように、にぎやかに話しながら遠のいていった。

のどの奥《おく》がぎゅぎゅっとしめつけられるように痛《いた》い。どっくんどっくんと心臓《しんぞう》がなる。

——ああ、なんてことを！　朝でもないのに、おはようございます！

どこかに隠《かく》れたい。もう二度と言葉《ことば》を出したくない。なんであんなこと、言ったんだろう。なんで、あんなことを……。

美冬《みふゆ》の目はどんどんうるんでくる。

その時だった。

ココロン

ココロン

大杉《おおすぎ》先生の去《さ》っていったほうから不思議《ふしぎ》な音色が聞こえてきたのだ。ふりかえると、先生が右手で、首にかけていた黄色いタオルを高くふっている。美冬に何かサインを送《おく》っているようだ。

その先生の左肩《ひだりかた》におかしな者《もの》が乗《の》っていた。

「なんなの？」

姿《すがた》はアニメにでてくる妖精《ようせい》に似《に》ている。緑色のとんがり帽子《ぼうし》をかぶり、両側《りょうがわ》に長くとんがった耳と丸い象牙《ぞうげ》の角のようなものが見える。

黒く大きな目がキラキラ光っていた。緑の半ズボンと半袖《はんそで》シャツ。白いわたげのようなえりをつけ、シャツの中央《ちゅうおう》に星型《ほしがた》の七つのボタンがついている。

その子が大きく口を開《あ》けた。

ココロン
ココロン
「美冬、おれなんかしょっちゅう、まちがってるよ」

「え！」

彼《かれ》の口から出てきたのは大杉先生の声。大好《だいす》きな先生の声を聞きまちがえるはずがない！　だが、先生の声だとわかるのに、どうしてか、何を言っているのかわからないのだ。

聞こえてくるのはただ、

ココロン
ココロン
美冬《みふゆ》は身体《からだ》をこわばらせて、奇妙《きみょう》な子の動《うご》く口をみつめた。
男の子はしゃべりつづける。
「うっかりミスってよー、一生懸命《いっしょうけんめい》、頑張《がんば》ってる証拠《しょうこ》なんだ！」
「美冬はちゃんと声を出せたじゃないか」
「あいさつしてくれて、先生、すごうれしかった！　ありがとう、美冬」
「えらいぞ！　美冬」
美冬は目を丸くし、口を半開《はんびら》きにして聴《き》きいった。
ただただ聞こえるのは、大杉《おおすぎ》先生の声で、
ココロン
ココロン
その子が立ち上がった。そして、紙飛行機《かみひこうき》のようになって美冬のほうへ飛《と》んできた。あっという間に近くのフェンスに腰《こし》をかける。
「おれ、オニロン！　おまえ、おれのことに気がついたんだ！」

オニロンは自分の声になって唄《うた》い出した。澄《す》んだ美《うつく》しい唄声だ。
やっぱり、「ココロン、ココロン」としか聞こえない。
大杉《おおすぎ》先生はタオルをふりふり、健斗《けんと》たちと一緒《いっしょ》に土手の下の道へ消《き》えていった。
夕暮《ゆうぐ》れの道に優《やさ》しいオニロンの唄声が響《ひび》いている。

ココロン
ココロン
輝《かがや》く大空
きらめく星
ここに
ここに

ココロン
ココロン
広がる大地

深《ふか》い海
ここに
ここに

ココロン
ココロン
喜《よろこ》び踊《おど》り
楽しみ唄い
ここに
ここに

ココロン
ココロン
君《きみ》は愛《あい》されている
君を愛している

ココロン
ココロン
後ろから弟の声がした。
「おねえーちゃーん」
声のするほうをふりかえると、弟たちがこちらにかけてくる。
美冬《みふゆ》は勢《いきお》いよく両手《りょうて》をふって走りだした。
オニロンも両手を広げフェンスから飛《と》びたった。

祭《まつり》の日

明《あきら》と真子《まこ》の住《す》む団地《だんち》の北側《きたがわ》に県道《けんどう》が走っている。

ふたりは県道の信号《しんごう》をしっかりと見て渡《わた》った。県道を越《こ》えると、二、三軒《けん》の家と田んぼが続《つづ》き、山道に入る。車の音が遠くなり、道幅《みちはば》も狭《せま》くなった。

明は足もとの葉《は》っぱをむしると、空にむかって投《な》げた。

「雨、降《ふ》らんでよかったな」

「うん、降らんでよかった」

真子も同じように草の葉をちぎって投げた。

ふたりはおじいちゃんとおばあちゃんの家へ行くところだ。峠《とうげ》を越えるといっても、子どもの足で二十分もかからない道のりだ。

ふたりだけで出かけるのは今日《きょう》がはじめてだった。明は小学三年生、真子は幼《よう》稚園《ちえん》の年長組である。

今日は村の秋祭《あきまつ》りなのだ。

お母さんは、仕事《しごと》から帰ったお父さんと車で来ることになっている。

ふたりはルンルン気分で歩いた。峠を越えると、
トトトン
トトトン
祭の太鼓《たいこ》が聞こえだした。神社《じんじゃ》がこの山のふもとにあるからだ。宵宮《よいみや》の今日、参道《さんどう》には沢山《たくさん》のお店が出ているはずだ。ふたりはにやっと笑《わら》って、そしてポケットから財布《さいふ》をとりだした。

明が、

「五〇〇円玉、ふたつ！　今日全部《ぜんぶ》つかってもええんやで」

「くくく」

真子ものどの奥《おく》からへんな声をだして笑った。

「何、買おかな？」

きっと綿菓子《わたがし》やたこ焼《や》きやりんご飴《あめ》売り場があるにちがいない。去年《きょねん》のように、鬼《おに》や妖怪《ようかい》の奇妙《きみょう》なお面《めん》やミニカーやゲーム機《き》だって売っているだろう。

ふたりの足が速《はや》くなった。

トトトン

トトトン

だんだん音が大きく聞こえる。

トトトン！

トトトトン！

道路《どうろ》の左に、参道《さんどう》が見えてきた。石の鳥居《とりい》とのぼりがしっかり見える。今まで一度《いちど》も見なかった人影《ひとかげ》がちらほら動《うご》いていた。

「ちょっと、よっていこか？」

と、明《あきら》。

「おそなったら、心配《しんぱい》するで」

「電話してみよ。まだ早いんやから……」

明はリュックからけいたいをとりだし、お母さんに電話を入れた。明はにまっと笑《わら》いVサインをした。

ふたりはのぼりのある道のほうにそれる。鳥居の下をくぐると、太鼓《たいこ》の音はますます大きくなってきた。

五〇〇円玉がふたりの財布《さいふ》の中で踊《おど》っている。

いいにおいのする、いか焼きやたこ焼きの店の前を通《とお》り過《す》ぎたが、とうとう、とうもろこし売り場でたちどまってしまった。一個《こ》二〇〇円だ。

ふたりはとうもろこしをほおばりながら、また店の探検《たんけん》をはじめた。

二回ほどまわって、やっとおもしろい店をみつけた。

はだか電灯《でんとう》の下、大きなルーレット盤《ばん》の中で、白い玉が回っている。ころころと心地《ここち》よい音をたてていた。まわりには五、六人の小さい子がきゅうくつそうに座《すわ》っていて、じっと玉の行方《ゆくえ》を目で追《お》っているのだ。

後ろにおばあさんがひとり立っていた。明と真子《まこ》はその横《よこ》に並《なら》んだ。

ユーフォー型《がた》のルーレット盤には人形、首飾《くびかざ》り、バッグ、パトカーやトラックのミニカーなどが、しきり毎《ごと》に行儀《ぎょうぎ》よく置《お》かれていた。

「さあ、回すでえ」

まん中の輪《わ》っかがくるくる回りはじめた。おばあさんの前にいる男の子が真剣《しんけん》な顔で白い玉を投《な》げ入《い》れた。だんだんとゆっくりになって、とうとう白い玉はアニメキャラのカップのある箱《はこ》に入った。

「ほい、よかったな。ほら、かわいいカップがあたった」

男の子がうれしそうに受《う》け取《と》ると、おばあさんとその場からはなれていった。

明《あきら》と真子《まこ》はそのあとに座《すわ》った。

頭の上でおじさんが叫《さけ》ぶ。

「さあ、どないやあ！　どれでもみんな三〇〇円やあ」

明の目に最初《さいしょ》に飛《と》びこんできたのはレーシングカーだ。

今、一番ほしいもののひとつ！

「わ、すごいな」

またおじさんの声。

「たったの三〇〇円だよ。白い玉、みっつ。三回もできるんや！　怪獣《かいじゅう》、人形、それにレーシングカー、みっつもだよ！」

おじさんは、「ほい、おまけだ！」といって、明のさっきからじっとみつめているレーシングカーの横《よこ》に、トラックのミニカーをたした。

「ほい！　ぼん、やってみるかい？　たったの三〇〇円でこんなすごいもん、もらえるんや。まったく、こっちもどうかしてるよ。損《そん》して得《とく》とれってこっちゃ！」

明はもうレーシングカーをもらった気分だ。

「よっし！　やろう！」

百円玉をさがして、ポケットに手をやる。お金を出してくるより先に、

「おじちゃん！　これ」

真子の声がした。

真子が赤いバッグを今にもつかみあげそうだ。

「あれ、あれ、おじょうちゃん。赤いバッグはな、玉をころがしてからやで。三〇〇円、持《も》ってるか？」

真子は両手《りょうて》をひっこめ、明のほうを見た。

三〇〇円をにぎっている明は、

「おっちゃん！　三回できるんやろ？」

お金を受《う》け取《と》ると、

「ほいさ！　三回もやで。ひと一つ、ふた一つ、みっつ！」と言って、白い玉を三個《こ》、明《あきら》の手ににぎらせた。

「みんな、応援《おうえん》したってやあ」

明は弾《はず》んだ声で言う。

「真子《まこ》、おにいちゃんがあてたるさかいな」

白い玉は明と真子のはちきれそうな夢《ゆめ》をのせて回りだす。

コトカタ
コトカタ
赤や黄色やピンクや緑や白やきれいな色の部屋《へや》をくるくる回って、どんどん速《はや》くなっていった。外側の部屋の動《うご》かないおもちゃたちも、玉の行方《ゆくえ》を見て身体《からだ》をゆすっている。

「それっ、回ってる、回ってる！　ぼんのええとこへ止まれ。ええとこへ止まれ」

おじさんが叫《さけ》ぶ。明も、

「ええとこや、ええとこや」

だんだん回る勢《いきお》いがゆるくなる。色が見えはじめ、はっきりと区別《くべつ》がつくようになると、

「わあ、どきどきするね……」

真子が言う。

白い玉も元気がなくなってきた。そしてふらふらっとからだをゆすりだす。

「あ、止まるでー、ええとこへ入れー」

と、おじさん。

お目当てのミニカーのある部屋に入りそうだ。が、
カッタン！

入ったのは赤い色。飴《あめ》がいっぱい入っていた。

「残念《ざんねん》やったなあ」

明の手に飴一個が渡《わた》された。

ふたつめの入ったところも赤い箱《はこ》の中。

みっつめも同じ箱の中。

「ぼん！　残念《ざんねん》やったな。けどもう一回、どうや。このぴかぴかの機関車《きかんしゃ》なんか、

よう走りまっせ。こっちのマシーンはどうや。ほら、な、じょうちゃんの人形は？」

真子《まこ》が、

「あたし、あのバッグがほしい」

「そうでっしゃろ。この赤いバッグ、そらあ、上等《じょうとう》なんやで」

真子はさっきからにぎりこんで熱《あつ》くなった百円玉、三個《こ》をさしだした。

白い玉を渡《わた》し、

「ほいさ！　しっかりあてなはれや」

と、おじさんが言った。

今度《こんど》こそ、今度こそと思いながら、真子は白い玉をなげた。

けれど、ひとつめもふたつめも赤い箱《はこ》の中に入って、人形のかわりに飴《あめ》一個《こ》、
バッグのかわりに飴一個が真子の手に渡された。

明《あきら》は最後《さいご》の玉を真子からとりあげると、おじさんをにらみつけて言った。

「ほんまにこの玉、ええとこへ入るんかあ」

すぐに大きな声がかえってきた。

「あたりまえでっせ。ぼん！　ついさっき、でっかい人形あたった子がいるんや。

それに、ぼんも見てたやろ。さっきの子、かわいいカップ、ゲットしてたやろ」

明は最後の玉を勢《いきお》いよく投《な》げ入《い》れる。バッグや人形、ミニカーや怪獣《かいじゅう》のおもちゃの間を何度《なんど》も回って……。そのたびににぎりこぶしをつくって、はらはらどきどきして……。けれど結局《けっきょく》は赤い箱の中に収《おさ》まった。

おじさんが箱の中から大きめの飴を三個、とりだし、

「特別《とくべつ》おいしい飴や。おまけやからな、ほな後ろの子とかわってやってか！」

明も真子もせきたてられるようにしてその場をたった。

後ろで勢いのあるおじさんの声がする。

「どうや！　そこのじょうちゃん！　たった三〇〇円で、こんなすごいものが手に入るんや！　やってみんと損《そん》やで……」

明は真子の前を足早《あしばや》に歩く。気持《きも》ちはいらいらしていた。むしゃくしゃする。

自分が玉を入れてうまく入らなかったのだから仕方《しかた》がないのだ。だがどうしても納得《なっとく》がいかない。大事《だいじ》な大事なお金、三〇〇円がたった三個の飴玉になってしまった。真子とあわせて、六〇〇円がちっちゃなちっちゃな飴玉になってしまっ

た。

――おまけの飴《あめ》かて、何も大きいないわ！　いらん、いらん！　ああ、六回もしてひとつもゲットできないって、もしかしたら……、あの機械《きかい》、おかしい！　何か細工されてたかもしれん……。

後ろでクスンクスンと鼻《はな》をならしながら、真子《まこ》がついてきた。

「うるさい！」

はああと大きく息《いき》をすうと、真子が泣《な》き声《ごえ》で訴《うった》える。

「あたし……、赤いバッグがほしかったんやあー、クスンクスン」

ふりむいて、真子をにらむ。今にも大泣きしそうな真子にむかって、明《あきら》が拳固《げんこ》をふりあげた。

と、その時だ。

ココロン
ココロン
聞いたことのない不思議《ふしぎ》な音がしたのは。

明はふりあげた手を下ろし、音のほうをみる。音は真子の横《よこ》に広がる林からだ。

真子がピタッと泣きやんで、明にくっついてきた。
「おにいちゃん！　なんか音がする！」
　ココロン
　ココロン
子守唄《こもりうた》をきくように心地よい響《ひび》きだ。
　ココロン
　ココロン
音のする林の中は薄暗《うすぐら》い。その中でひとつ所《ところ》がほっと明るくなっている。足もとから照《て》らされるようにして、小さな男の子が立っていた。
「誰《だれ》や！」
「何してるん？」
明と真子が声をかける。
　ココロン
　ココロン
口をぱくぱくさせながら、その子は道に出てきた。

背丈《せたけ》は明《あきら》の胸《むね》ぐらいしかない。両耳《りょうみみ》が頭の先まで届《とど》くほどに長い。目が大きく、瞳《ひとみ》が黒くきらきらしている。緑色のとんがり帽子《ぼうし》をかぶり緑色の服《ふく》を着《き》ている。どこかの雑誌《ざっし》で見た西洋《せいよう》の妖精《ようせい》のようだ。
「おれ、オニロン！　あーあ、ふたりにいっぱい鬼《おに》がいる。イライラ鬼にゲッソリ鬼にグズリ鬼……。おっぱらってやるか！　魔法《まほう》の唄《うた》を唄って……」
だが、二人の耳には、
　ココロン
　ココロン
としか聞こえない。
オニロンは鬼たちを追《お》い払《はら》おうと一生懸命《いっしょうけんめい》唄う。
　ココロン
　ココロン
　輝《かがや》く大空
　きらめく星

ここに
ここに

ココロン
ココロン
広がる大地
深《ふか》い海
ここに
ここに

ココロン
ココロン
喜《よろこ》び踊《おど》り
楽しみ唄《うた》い
ここに

ここに
ココロン
ココロン
君《きみ》は愛《あい》されている
君を愛している
ココロン
ココロン

その音に重《かさ》なるようにして、
ポロローン、ポロローン、ポロローン！
けいたい電話《でんわ》の音が鳴った。
ココロン
ココロン
ポロローン、ポロローン、ポロローン！

明《あきら》はあわてて腰《こし》のポケットからけいたいをとりだした。

「わあ、お母さんからや」

耳に当てると、真子《まこ》のほうをむいて言う。

「お父さんと一緒《いっしょ》みたい。おばあちゃんちにもう着《つ》いたんやって！」

「え、そうなん！　はよ、いこ！」

真子がかけだした。

明も後を追《お》って走りだした。

オニロンは驚《おどろ》いて二人の姿《すがた》をみつめた。
――う？　あの電話の音が鬼《おに》たちをおいはらった？
オニロンはさらに声を大きくして唄《うた》った。自分に言い聞かせながら。
――いや、いや！　すべて！　おれの魔法《まほう》の唄のせいなのさ！
ココロン
ココロン

エレベーターの中

真《ま》っ青《さお》な空にうろこ雲が浮《う》かび、飛行機雲《ひこうきぐも》が線を引《ひ》いて突《つ》き抜《ぬ》けていく。清々《すがすが》しい日曜日の昼下がり、修《おさむ》は同じ四年一組の浩太《こうた》の家に遊《あそ》びにいった。

浩太の家は修と同じ団地《だんち》のC棟《とう》で、広場をはさんだむかい側《がわ》にあった。十三階《かい》建《だ》ての十一階に住《す》んでいる。修の家はA棟の六階だった。

修はるんるん気分で広場をかけぬけた。まだ修よりも小さい子たちが自転車《じてんしゃ》や三輪車《さんりんしゃ》に乗《の》って、あちこち走りまわっている。修もそうしてきたというのに、目をその子たちのほうにむけると、何故《なぜ》かふんとあごをあげて、えらそうな顔をしたくなる。日曜日の広場は時間によって、遊ぶ子の年齢層《ねんれいそう》が違《ちが》うのだ。はやい時間から順《じゅん》に年齢があがっていく気がする。

団地からどこかへ出かける時は、たいていこの広場に出てから動《うご》くことになる。大きな駅《えき》のロータリーのようだ。広さは修の通っている小学校の運動場《うんどうじょう》ぐらい。レンガ敷《じ》きで、六階の修の家のベランダからのぞくと、規則《きそく》正しく波《なみ》立つ海のようにみえる。

修はC棟の玄関《げんかん》にたった。浩太の部屋《へや》番号《ばんごう》を押《お》して連絡《れんらく》しないと、ドアがあかない。だが奥《おく》から男の人が出てきて、ドアがあいたので、呼《よ》び出《だ》しをしないまま中に入った。

「ラッキー」

小さくつぶやいて、すぐにエレベーターに乗《の》った。

中に入ると、お兄さんがふたり、乗っていた。

髪《かみ》の毛《け》の茶色いお兄さんがけいたい電話でなにやらしゃべっている。カッターシャツの胸《むね》のボタンが二つ、はずされている。何を言っているのか聞きとれないのは、横《よこ》にいるお兄さんがキキキキ、かん高い声で笑《わら》っていたからだ。このお兄さんはきちんと白いシャツと黒いズボンをはいていたから、修はふたりはきっと中学生だと思った。だが黒い髪《かみ》のお兄さんは、毛が長くて耳が見えない。

修《おさむ》は十一階《かい》でおりた。ふたりは上の階まであがっていった。

エレベーターをおりた修は、すぐ横《よこ》の浩太《こうた》の家のドアフォンをおす。しばらくして、浩太のお母さんが出てきた。

「ごめんね。ちょっと出かけんならんの。せやから、遊《あそ》ばれへんの」

入《い》れ替《か》わって、浩太が廊下《ろうか》をかけてきた。いつもと違《ちが》うよそ行き服《ふく》を着《き》ている。

「今からばあちゃんとこへ行くね」

奥《おく》へ入ったおばさんが大きな声を出した。

「おさむちゃん、クッキー食べるう?」

「うん」

「ちょっと待《ま》っといて。できたてや。持《も》ってかえって」

おばさんはすぐにクッキーの入った紙袋《かみぶくろ》を持ってきた。取《と》っ手《て》を持つと、中からふわっといい匂《にお》いがし、四角いクッキーが重《かさ》なって見えた。

「ほな、また帰ってきたらな」

よく似《に》た丸い二つの顔に送《おく》られて、修はもと来た廊下にもどった。

浩太と遊べなかったけれどクッキーをもらった。なんとなくうれしい気分だ。

——はよ帰ってお母さんに見せよう。おやつはクッキー、ラッキー、ハッピー！

エレベーターの前へきた。急いでボタンを押《お》そうとしたが、エレベーターがすーっと上にあがっていってしまった。

「チッ！」

しかたなく下へおりるボタンを押して待つことにする。

エレベーターはどんどん上にあがっていく。

いつもだとすぐにおりてくるエレベーターがなかなかやってこない。

「なんでや？」

しばらくして、おりてきたエレベーターの中に、さっき一緒《いっしょ》になったお兄さん、ふたりがいた。修はとっさに思った。ふたりはどの階のボタンも押したんだ。ドアを開《あ》けたり閉《し》めたりしていたのだ。

修も浩太とやったことがあって、お母さんに叱《しか》られた経験《けいけん》がある。

修はエレベーターの中にそろっと入る。

と、いきなりはずんだ声が飛《と》んできた。

「お、ええにおいやあー」

「何、持《も》っとんのや」

ふたりは顔を突《つ》き出《だ》して袋《ふくろ》をのぞいた。

「クッキーやんけ」

「ようけ、あるやん」

修《おさむ》は思う。

――ようけなんか無《な》い！

だが、

「ひとつ、くれや？」と言うなり、袋の中に手をつっこんできた。修のほうは何も言ってないのに、数個《すうこ》のクッキーが引《ひ》き出《だ》された。

もぐもぐ食べはじめた時、エレベーターは九階《かい》に止まった。誰《だれ》もおりない。このエレベーターは奇数《きすう》で止まっていく。次《つぎ》の七階でまた止まった。

修は思った。

――やっぱりそうや！　ドアを開《あ》けたり閉《し》めたりして、エレベーターで遊《あそ》んでるんや。

修はもうどきどきしてきた。

――こんなことしたらあかんのや。

とうとう、修はぼそっとつぶやいた。

「エレベーターで遊んだらあかんのに！」

とたん、ふたりは修のほうをむいた。けげんな顔をする。

「こいつ、なんか、いうとるで」

もうひとりのお兄さんが、

「なあ………、はっきりー、言うてみい！」

口にクッキーが入っている言い方だ。

修は決心《けっしん》してちょっと怖《こわ》い声を出した。

「あんなあ、エレベーターで遊んだらあかんのやで。お母さんが言うてた！」

ふたりは食べていたクッキーをはきだすばかりに、ぷっとふきだした。

「こいつ、ちびのくせにおれらに意見《いけん》しとる！」

と、茶髪《ちゃぱつ》のお兄さん。

「おれらはいいんや」

と長髪《ちょうはつ》のお兄さんがあごをつきだして言った。

修《おさむ》は首をひねって、一生懸命《いっしょうけんめい》な声で言う。

「だれかて、あかんのやで！」

「こいつ、生意気《なまいき》やな」

と、ひとりが言うと、もうひとりも口をへの字にした。

そして、ふたりは修をはさんで両横《りょうよこ》に立った。修はびっくりしてうつむく。

五階《かい》のドアがあき、またゆっくりとしまった。誰《だれ》も乗《の》ってこなかった。

修の目の先に強そうな腕《うで》が四つ。四つが修をかこうように伸《の》びている。

頭のはるか上で、

「ゲンコツ一発《ぱつ》やな」

「そやな。ぼうずにゲンコツ一発！」

そういった時、ドアがぎぎーと開《あ》いて、あたりがぱっと明るくなった。

開いた先の廊下《ろうか》に3の文字が見える。三階だ。三階でおりたことなどない。だが、修は四つの腕をかいくぐって、外に飛《と》びだした。

耳の中がかっかしてきた。三階から階段《かいだん》をおりて、やっと一階のエントランスへ。ドアがあくと勢《いきお》いよく外に飛びだした。レンガ敷《じ》きの広場がひろがる。ふりむいても、ふたりの姿《すがた》は見えない。きっとまだエレベーターの中なのだ。

修の前を、小さい子の手をひいた女の人が歩いていく。

ふうと肩《かた》で息《いき》をした修は一目散《いちもくさん》に広場をかけぬけ、A棟《とう》へむかった。

棟に入るにはエントランスドアの鍵《かぎ》がいるのだ。持《も》っていない場合は、部屋番《へやばん》号《ごう》を入れて、むこうから開《あ》けてもらわないといけない。

——あいつら、おっかけてきたらどうしよう。

今頃《いまごろ》になって足がガクガク震《ふる》えだした。

——怖《こわ》いこと言うてた……。

「生意気だな！」

「ゲンコツ一発やな」

——早く、早く、家に帰らんと……。

ドアのむこうからいつもお掃除《そうじ》をしているおばさんがやってきた。修を見て、にこにこと笑《わら》っている。修は今、笑《わら》い返《かえ》すなんてできない。ドアが開くと一秒《びょう》でも早く、エレベーターのところへ走っていきたい。一瞬《いっしゅん》でも早く家に帰りたい。

おばさんの姿《すがた》が大きく見え、ドアがあいた。

おばさんが、

「おさむくん、おかえり！」

首だけで返事《へんじ》をすると、そのままエレベーターのほうへ。

今日はいつもとは違《ちが》うのだ。ちゃんとあいさつなんてできない。早く早く家に帰りたい。

ぎゅっと紙袋《かみぶくろ》の取《と》っ手《て》をにぎりしめると、エレベーターのほうにむかう。

すぐエレベーターのボタンを押《お》した。あせっているのに、なかなかエレベーターはおりてこない。

と、その時だった。後ろから、聞いたことのない優《やさ》しい響《ひび》きの音色がする。

ココロン
ココロン
ふりかえると、五、六歩先を歩いているおばさんの後ろ姿が見えた。とたん、

「え？」

胸《むね》がどきんと鳴る。
後ろ姿のおばさんの前に、奇妙な小さな子がぴょんぴょん飛《と》びはねていたのだ。緑色の服《ふく》を着《き》て、胸の七つのボタンが虹《にじ》のように美《うつく》しく光っていた。同じ色のとんがり帽子《ぼうし》をかぶっている。帽子と服を左右に大きく揺《ゆ》らして何かを言っていた。
「おまえ、誰《だれ》や？」
その子は大きな口を開《あ》けた。
ココロン
ココロン
ココロン
ココロン
修《おさむ》はポカンとしてみつめ続《つづ》ける。
「何、言ってるん？」
その子は近づいてくると、近くの椅子《いす》の上にひょいと飛《と》び乗《の》った。修と目の位《い》置《ち》が同じになるとうれしそうに言った。

「お！　おれが見えるんだ！　おれ、オニロン！」

だが修《おさむ》に聞こえてくるのは「ココロン、ココロン」という言葉《ことば》だけだ。

大きな丸い目にくるくるまわる黒い瞳《ひとみ》。その横《よこ》の両耳《りょうみみ》が異様《いよう》に長く、とんがり帽子《ぼうし》の飾《かざ》りリボンのようだ。

オニロンのほうは上機嫌《じょうきげん》。

——この子は自分に気がついた！

右の人差《ひとさ》し指《ゆび》をくるくる回すと、口に持《も》ってきた。

——ようし！　恐《おそ》れ鬼《おに》、いらだち鬼、争《あらそ》い鬼たち……、みんな、まとめておっぱらってやるからな。

　ココロン
　ココロン
「修くん、強い子だったね。大丈夫《だいじょうぶ》！　大丈夫！」

「え！」

　修は目を白黒させる。後ろをむいているはずのおばさんの声がしたからだ。いつも聞《き》き慣《な》れているちょっとしわがれたあの声だ。だが何を言っているのかわからない。

「大丈夫《だいじょうぶ》！　大丈夫、おばさんは修《おさむ》くんの味方だよ」

おばさんは右手を大きくふりながら、エントランスドアのむこうへ消《き》えていった。そしておばさんの声はしなくなった。

目の前のオニロンが身体《からだ》をふりふり、楽しそうに唄《うた》う。

ココロン
ココロン
輝《かがや》く大空
きらめく星
ここに
ここに

ココロン
ココロン

広がる大地
深《ふか》い海
ここに
ここに

ココロン
ココロン
喜《よろこ》び踊《おど》り
楽しみ唄《うた》い
ここに
ここに

ココロン
ココロン
君《きみ》は愛《あい》されている

君を愛《あい》している
ココロン
ココロン

修《おさむ》はクッキーの入った袋《ふくろ》をきゅっと抱《だ》きしめると、自分に言い聞かせた。

「大丈夫《だいじょうぶ》！　大丈夫！」

くるりときびすを返《かえ》した時、エレベーターがちょうどおりてきたところだった。

蚊取線香《かとりせんこう》

奈津《なつ》と莉子《りこ》とは従姉《いとこ》どうしだ。仲《なか》が良《よ》いことと、よく似《に》ていることとは同じでないらしい。ふたりは姿《すがた》ばかりでなく、ものの考え方や食《た》べ物《もの》の好《この》み、好奇心《こうきしん》の寄《よ》せるものも違《ちが》えば、歩き方や走り方まで違っていた。

奈津は生まれつき身体《からだ》が弱い。未熟児《みじゅくじ》だったこともあって、歩けるようになったのもずいぶん遅《おそ》かった。すぐに風邪《かぜ》をひき、熱《ねつ》を出す。食べるのにも時間がかかるし、ちょっと身体が疲《つか》れていたりすると、食べたものをすぐにもどしてしまう。あたりがどこか知らないところだと緊張《きんちょう》し、遠くへ出かける時があると、帰ってくると決《き》まって熱を出した。

莉子は同じ年頃《としごろ》の子よりもひとまわり大きく育《そだ》っていった。乳《ちち》の飲《の》みっぷりからして、奈津と違う。母親の乳房《ちぶさ》が揺《ゆ》らぐほどにぐいぐいと飲んだ。白い顔のこめかみにときおり青い線をつくる奈津に比《くら》べて、焼《や》いたとうもろこしのような顔の莉子である。

幼稚園《ようちえん》に通うようになると、元気さということではますます差《さ》が広がっていった。休みがちな奈津に比べ、莉子のほうは二年間を皆出席《かいしゅっせき》。

ふたりの家は距離的《きょりてき》にはそんなにはなれていない。大人の足だと歩いて二十分もかからない。同じY市なのだが、地区《ちく》が違い、したがって校区も違っていた。奈津は、住宅《じゅうたく》や商店《しょうてん》のたちならぶ市の中心街《ちゅうしんがい》に住《す》み、莉子は郊外《こうがい》に住んでいる。まわりにはまだ田畑《たはた》が目立ち、森や林が残《のこ》っていた。

奈津は幼稚園に入る頃から、ぜんそくがではじめ、ぜんそくがおさまると今度《こんど》はジンマシン。ジンマシンがおさまるとぜんそくといったいたちごっこの病状《びょうじょう》が続《つづ》く。

莉子は奈津のことならどんなことでもきいてやった。なっちゃんは弱いから何もできない。自分は元気だから、かばってやらないといけないと、莉子は思《おも》い込《こ》んでいるふうだった。

小学生となり、はじめての夏休みをむかえる頃《ころ》には、並《なら》ぶと二つ、三つの年の差《さ》を感《かん》じるほどである。奈津《なつ》は小さく、莉子《りこ》はずばぬけて大きかった。それぞれに個性《こせい》の出はじめた顔も全《まった》く違《ちが》っている。

奈津は眉毛《まゆげ》も薄《うす》く鼻《はな》も莉子のツンと天をむいたような感じでなく丸くてかわいい。口も小さい。一重《ひとえ》のきりっとした目の莉子に比《くら》べ、二重の大きな目の奈津だった。

莉子は奈津を妹のようにかわいがる。もっとも妹といえばいえなくもない。生まれるのが十日だけ、莉子のほうが早かった。

田んぼの目立っていた莉子の家のまわりにも住宅《じゅうたく》がどんどん建《た》ちはじめた。丘《おか》がきりくずされ、その先の林がすぐ目の前に見えるようになる。元気な莉子たちの格好《かっこう》の遊《あそ》び場所《ばしょ》になった。

小学生になってはじめての夏休み。

遊びにきていた奈津に、莉子が母親のような口調《くちょう》で言った。

「いい、なっちゃん！　とっておきの場所があるんやから、いややいわんとついてくるんやで」

「うん、わかった」

素直《すなお》に返事《へんじ》をすると、莉子は満足《まんぞく》そうに大きくうなずく。いつも遊んでいる林に奈津をつれていくことにしたのだ。らせん状《じょう》になった細い道を少し歩くと、先に広場があらわれた。切《き》り株《かぶ》があちこちにあって、日が地面《じめん》に届《とど》いている。

「ここは見晴らしがいいんや。それにおもしろいものもある」

おもしろいものはハンモックだった。ころあいの二本の木にふるい蚊帳《かや》をむすびつけてつくったものだ。

「なっちゃん、のってみい」

奈津はこわごわ莉子にささえられて乗《の》った。ゆるりとからだが蚊帳のなかにしずむ。ふわっとした浮《う》く感覚《かんかく》はいままでに経験《けいけん》したことがないものだ。

「うわっ、身体《からだ》がどっかへ飛《と》んでくみたい」

上をむいている奈津の目に、真《ま》っ青《さお》な空と真っ白な雲。雲は自由《じゆう》に姿《すがた》をかえる。ふとったひつじが細いひつじへとゆっくり変身《へんしん》していく。横《よこ》から子どものひつじ雲が肩《かた》をよせてくる。

ひんやりとした風はここちよく奈津《なつ》の頬《ほお》をなでた。

奈津は林のハンモックが気に入って、何度《なんど》かくることになった。

ほかにも遊《あそ》んでいる子がいた。板《いた》きれや段《だん》ボールを持《も》ってきて基地《きち》をつくったり、草《くさ》すべりや探検《たんけん》ごっこなどをしていた。

奈津は、ここへ来た時はいつもハンモックにゆられて空をみる。そしてときどき、みんなが威勢良《いせいよ》く動《うご》く姿《すがた》をぼんやりと眺《なが》めた。

いつもその中には元気な莉子《りこ》がいた。

莉子はままごとや花摘《はなつ》みといった遊びをしたことがない。木にのぼったり、虫をとったり、おしりに段ボールをしいて、急《きゅう》な草地をすべりおりたり、男の子とけんかをしたりしていた。

ある時、莉子が家に何かをとりにかえって、その場にいなかった。

奈津のところに男の子がやってきて、ハンモックを替《か》われといった。

奈津はいわれるままに替わり、木の横《よこ》にポツンとたった。

莉子がかえってきて、

「どうしたん?」

「あの子が、替われって、言うたから」

と、泣《な》きべそをかく。

「わかった！」

つかつかとハンモックに近づくと、男の子に言った。

「あんた、わかってんねやろな。この子はうちの従姉《いとこ》なんやからな」

ハンモックに近づくと、あっという間に、はしのひもをゆすってひっくり返《かえ》していた。男の子は地面《じめん》になげだされた。

莉子は半ズボンの上からふとももを叩《たた》きながら、にらみつける。

「あんたらはむこうで遊び」

男の子はすごすごと退散《たいさん》した。

その時だった。

莉子はズボンをめくりあげて、白いふとももをみせた。蚊《か》にかまれて赤くなっている。奈津は驚《おどろ》いてぶるんと首をふった。

「うわあ！　痛《いた》そう……」

莉子はよく蚊にかまれる。ふとももをぼりぼりかきながら、涼《すず》しい目を奈津にむけた。

「うちな、ふつうの子より体温《たいおん》が高いんやて。せやから蚊《か》がよってくるんやて」

次《つぎ》の時、奈津《なつ》は虫刺《むしさ》されにきく薬《くすり》を持《も》ってきた。莉子《りこ》はチューブからでる白いクリーム状《じょう》の薬を一度《いちど》はつけたものの、二回目からは「ぬるぬるして、なんやきしょくわるい」と言ってつけなかった。次《つぎ》に奈津は蚊よけのスプレー薬を持ってきた。やっぱりへんなにおいがするといって、つけなかった。莉子は、

「あんたとこなあ、ほんま！　なんでも薬があるんやなあ。あんまり気にせんといて」

というと、「はははは」と豪快《ごうかい》に笑《わら》った。けれど、奈津のほうががまんができなかった。赤い斑点《はんてん》をみるのがいやでたまらない。まるで自分がかまれたようにむずむずして、胸《むね》がわるくなる。

奈津は莉子と一緒《いっしょ》に行くときはいつも持《も》ち運《はこ》びのできる蚊取線香《かとりせんこう》を持参《じさん》した。

その日、お母さんも用事《ようじ》があって車で莉子の家に行くことになった。

農家《のうか》では田の草取《くさと》りに忙《いそが》しい時期《じき》で、お母さんは奈津を降《お》ろすと、車を田んぼ

のほうへ走らせた。おばさんたちは田んぼのほうにいるらしい。

奈津は家に入る。田舎《いなか》の家の土間は真昼《まひる》でもどこか薄暗《うすぐら》かった。ひんやりとした空気が奈津の顔をなでる。

「りっちゃーん、いるー」

暗さになれてくると、にんまり笑《わら》ってこちらをむいている莉子が目に入った。

がっしりとした肩《かた》をちょっとひねって手まねきをした。

莉子は、板間《いたま》の前の長いすに座《すわ》っていた。大口を開《あ》け、りんごをまるかじりしている。

「食べる？」

奈津は首を横《よこ》にふった。こんな薄暗い土間で食べたくないし、りんごを皮《かわ》ごと食べるのも嫌《きら》いだった。

「おいしいよ」

「まるのまま食べるの、あたし、すかんね」

すると、いきなり莉子は立ち上がった。奈津は自分のために皮をむく包丁《ほうちょう》をとりにいくのかと思い、その動《うご》きをじっとみていた。

莉子《りこ》はそうはしなかった。うつむくと、椅子《いす》の下に置《お》かれた蚊取線香《かとりせんこう》をとりだしたのだ。鈍《にぶ》い日の光にあたって、ゆらゆらと煙《けむり》が動く。煙は土間のすみに移動《いどう》した。

奈津《なつ》はあわてて言った。

「そんな遠いとこに置いたら、りっちゃん、また蚊《か》にかまれるやん」

莉子はにっと笑《わら》いながらもどってきた。

「ええね、ええね。あの匂《にお》いがあると、なっちゃんの匂いがどっかへいってまうから」

「え？　うちの匂い？」

「そうや。なっちゃんはいつもいい匂いがするからなあ」

いきなり奈津にむかって「クンクン」と言って鼻《はな》を近づける。

「わあ、りっちゃん、犬ころになった」

「クンクン、いい匂いだあ。なっちゃんは花の匂いがするぞ。りんごの匂いかな。クンクンいい匂いだ。くってやろう！」

ふたりは土間から裏庭《うらにわ》にかけだし、ひとしきり鬼《おに》ごっこをして遊んだ。奈津も莉子の匂いが大好《だいす》きだ。乾燥《かんそう》した薬草《やくそう》の匂い、干《ほ》したふとんの匂いがした。

奈津と莉子は甘《あま》えん坊《ぼう》の妹と面倒見《めんどうみ》の良《よ》い姉のように育《そだ》っていった。

ふたりは小学五年生になった。五年生になると、秋の総合運動会《そうごううんどうかい》に参加《さんか》できる。市内の四つの地区《ちく》の学校が合同で行う運動会のことである。

莉子はその日を指折《ゆびお》りかぞえて待《ま》った。

一方、運動の苦手《にがて》な奈津にとってはそんなに楽しいことではない。

その日は絶好《ぜっこう》のスポーツ日和《びより》だった。

莉子は、自分のために今日《きょう》の日があるといわんばかりに張《は》り切《き》っている。奈津は好天候《こうてんこう》とはうらはらに身体《からだ》の調子《ちょうし》がよくなかった。咳《せき》がでる。水鼻も止まらないし、耳までがジンジン鳴った。

当日、一緒《いっしょ》に参加できると思っていた玉入れまでも出られなくなり、生徒席《せいとせき》から、テントの張《は》ってある本部席《ほんぶせき》の横《よこ》に移《うつ》ることになった。

よその学校の先生が奈津《なつ》の背中《せなか》をさすってくれて、しばらくここにいるように
と言った。
本部席《ほんぶせき》は次《つぎ》から次へと人の出入りがあって、あわただしい。退職《たいしょく》した先生や地《ち》
域《いき》の役《やく》をしている人や、合間にプログラムをもらいにくる人、駐車場《ちゅうしゃじょう》をどうして
もっと広くとらないのかと文句《もんく》を言いにくる人、そのような人たちの動《うご》きを見て
いると、奈津はまた耳がジンジン鳴った。
こんな時は遠くを見る。
と、ちょうど誰《だれ》も演技をしていない運動場《うんどうじょう》が目に入った。まるで体育館《たいいくかん》の白い
天井《てんじょう》のように浮《う》き上《あ》がってみえる……。
——もうすぐ、終《お》わるかなあ……。ああ、家に早く帰りたい。
そんな時だった。
「ちょっとすりむいたんです」
と、莉子《りこ》の声がしたのだ。
はっとして、声のほうをみる。
きりりと頭にはちまきをまいた女の子が膝小僧《ひざこぞう》を先生にみせている。ちょうど

傷《きず》をみとおせる位置《いち》に、奈津の目があった。皮膚《ひふ》がはがれ、血《ち》がふきだしている。奈津は思わず「わ！」と声をあげた。

莉子がこちらをむいて、

「あれ、なっちゃん。どうしたん？」

「うん……、しんどうなって……」

先生が「消毒《しょうどく》するからな」と言う。莉子は大きくうなずき、すぐに「ひゃー！しむうー」と声を出した。

「痛《いた》いやろ？」

奈津も同じように顔をゆがめる。

莉子がいつもの明るい声で、

「どっちゅうことない。それより、次、学校対抗《たいこう》リレーなんや。うち、走るからな！　なっちゃん、応援《おうえん》たのむね」

と言った。

「うん」

「けど、あんたとこの学校もあるしな。ま、両方《りょうほう》、応援して！」

片手《かたて》をあげ、手をふると、風のようにかけていった。

治療《ちりょう》をしていた先生が、

「あなた、知ってる子?」

「従姉《いとこ》です」

「同じ五年生?」

ゆっくりとうなずく。

「そう……。あの子の元気印《げんきじるし》、わけてほしいね。おんなじ五年生やもんね」

先生のいった言葉《ことば》に特別の意味はなかっただろう。が、「同じ五年生」という言葉が奈津《なつ》の心に残《のこ》った。

——ほんまや。同じ五年生やのに、えらい違《ちが》いや……。

四つの学校の対抗《たいこう》リレーはダントツの強さで、莉子《りこ》たちの学校が優勝《ゆうしょう》した。

この総合運動会《そうごううんどうかい》が終《お》わったころから、奈津は日焼《ひや》けした莉子の顔を思《おも》い浮《う》かべ、その横《よこ》に青白い自分の顔をおくようになった。

——元気になりたい。りっちゃんのように身体《からだ》を気にしないで走り回ることができたらどんなにいいだろう。ひとりででも山や川に遊《あそ》びに行けたらどんなにいいだろう。りっちゃん、羨《うらや》ましいなあ……。

奈津は莉子にあこがれればあこがれるほど、昔《むかし》のように彼女の好意《こうい》を素直《すなお》にうけられなくなった。

莉子の家に出かける時は、莉子の都合《つごう》など考えたことが無《な》かった。思い立った時、急《きゅう》に行くものだから莉子と遊べない時がある。学校へ行っていたり、これから出かけないといけなかったりしたからだ。奈津はぷいとふくれて帰り、あとから電話をかけて、莉子に文句《もんく》を言う。

「うちをほっといて、いい気になって。あんたなんか大きらいや。いい！　もう絶対《ぜったい》に遊びにいったげへんから」

いつも莉子のほうがあやまり、奈津をなだめた。

「なっちゃんをほっといたんやないって。うちらの学校行事《ぎょうじ》なんやから、つれていけないいやろ」

そして、「あんたの分もとってきたからね。おみやげや」と言って、どんぐりや色づいた美《うつく》しい落《お》ち葉《ば》を持《も》ってきた。

奈津自身《じしん》も自分がわがままをいっていることはよくわかっていた。母からたしなめられるまでもなく、どんなに莉子《りこ》を困《こま》らせているのかも知っていた。それでもいつも同じことをくりかえす。

奈津《なつ》は一人っ子だったが、莉子の家には妹と弟がいる。莉子にしてみたら、もうひとり妹がいるという思いだったのかもしれない。

莉子を見るにつけ、自分はもしかしたら莉子のように元気になれないのかもしれないと思い、同時に得《え》たいのしれない恐怖《きょうふ》が奈津を包《つつ》んだ。


その日も調子《ちょうし》のよくない日だった。

莉子が自転車《じてんしゃ》でやってきた。家に入ってこないで、玄関口《げんかんぐち》で奈津を呼《よ》んでいる。

「なっちゃん、いるうー。いいとこへつれていったるからなあー」

出ていくと、自転車に乗《の》ったまま、男のような口ぶりで言った。

「今日は自転車で行くよ。なっちゃん！　絶対喜《ぜったいよろこ》ぶと思う！」

お母さんがでてきて、莉子にあげたてのドーナツの入った袋《ふくろ》を渡《わた》した。

「うわあ、おいしそ！　おばさん、ありがと！」と言うと、前のかごに押《お》し込《こ》んだ。

奈津のほうをむき、

「さ行こか！　大丈夫《だいじょうぶ》。なっちゃんにあわせて走るから」

と言った。

莉子の勢《いきお》いにおされて、奈津はしぶしぶ自転車を出してきた。

ふたつの自転車は莉子の家を通《とお》り越《こ》して、しばらく走った。

ついたところは休耕地《きゅうこうち》を利用《りよう》してできたコスモス畑《ばたけ》だった。見渡す限《かぎ》りのコスモスの花、花、花。

風にふかれて波打《なみう》つ花の海に、ふたりはみとれた。

莉子がゆったりとした口調でしゃべりだす。

「なっちゃん、いいか……。誰《だれ》かてな、いやな思いの時もあるし、悲《かな》しい時もある……」

「りっちゃんはいつもそうやない！」

「そんなことない。うちかて、腹立《はらた》ったり、いらいらするわ！　うちはな……、そんな時、自転車に乗《の》って走るんや……。こんなきれいなとこ、みつけられるし……、すーとするやろ」

奈津は莉子の遠くをみつめる横顔《よこがお》をみた。

整《ととの》った眉毛《まゆげ》は太く、鼻筋《はなすじ》が通り、きりっと結《むす》んだ口も切れ長の目もりりしい。身体《からだ》も丈夫《じょうぶ》だし、何だってできる。何もかもが恵《めぐ》まれているように思えてくる。

奈津《なつ》は口をとがらして言った。

「りっちゃんはいいわな」

莉子《りこ》はふりむいた。

「なにが?」

「どこまででも自転車《じてんしゃ》に乗《の》れて。うちなんか、自転車で遠出もできん!」

莉子はむっとした顔をする。

「甘《あま》えるな、奈津! 奈津もここまでこれたやんか! あんたな、人のせいに何でもしてたら、自分がだめになるで。そんな子はうち、すかんわ」

奈津はだまった。

目の前にコスモス畑《ばたけ》が続《つづ》いていた。淡《あわ》いピンクや白や薄紫《うすむらさき》の花が大きなうねりになってたなびいている。

ゴオオーン
ゴオオーン

遠くで鐘《かね》の音がする。

もう帰らないと家につくまでに暗《くら》くなる。それでもしばらく、ふたりはだまって花をみていた。花をみながら、奈津は考えていた。

――こんなわがままはいかん……。

「りっちゃん」

「なんや」

「ありがとう」なんて、照《て》れくさくていえない。くっと首をすくめて、

「コスモスもこうしてみたら、えらいきれいやな」

「そやろ、ほんま、きれいや」

莉子は自転車にまたがり、奈津に言った。

「帰るよ」

そしてにやっと笑《わら》うと言った。

「うちの家で、ドーナツ食べて帰るやろ」

「うん」

走りだしたとたんだった。奈津《なつ》の耳に聞きなれない音が聞こえてきた。

ココロン

ココロン

音はコスモス畑《ばたけ》のほうからだ。ひょいと横《よこ》を見ると、コスモスの花の上を緑の服《ふく》を着《き》た小さな何かがゆうらりゆうらり飛《と》んでいる。蝶《ちょう》のようだ。だが蝶にしては大きい。

ココロン

ココロン

伴走《ばんそう》するように、奈津の横を飛《と》ぶ。

「何?」

緑のとんがり帽子《ぼうし》と長い耳。耳の後ろに巻貝《まきがい》のようなきれいな飾《かざ》りをつけていた。両手《りょうて》をひらひらさせ、宙《ちゅう》に浮《う》いたままだ。

こちらをむいた奈津に、弾《はず》んだ声を出す。

「やあ、気がついたね。おれ、オニロン! そんなに怖《こわ》い顔するなよ。おまえの身体《からだ》に鬼《おに》がいっぱい。あきらめ鬼、うらめし鬼、へんねし鬼……。よしよし、魔《ま》

法《ほう》の唄《うた》を唄ってやるから……」
だが奈津の耳には、
ココロン
ココロン
と子守唄《こもりうた》のような優《やさ》しい音が聞こえるだけ。
莉子《りこ》がスピードを上げた。奈津《なつ》はあわててペダルを強く踏《ふ》んだ。
後から「ココロン」と響《ひび》く音がする。

ココロン
ココロン
輝《かがや》く大空
きらめく星
ここに
ここに

ココロン
ココロン
広がる大地
深《ふか》い海
ここに
ここに

ココロン
ココロン
喜《よろこ》び踊《おど》り
楽しみ唄い
ここに
ここに

ココロン

ココロン
君《きみ》は愛《あい》されている
君を愛している
ココロン
ココロン

ふたりの乗《の》った自転車《じてんしゃ》はあっという間に莉子《りこ》の家についた。

オニロンの姿《すがた》も声も消《き》えていた。


ふたりにとっては小学生最後《さいご》の夏休みだった。八月はじめ、奈津《なつ》は莉子の家にとまっていた。

学校が違《ちが》っていたが、教科書や夏の宿題《しゅくだい》の問題集などがほどんど一緒《いっしょ》だった。

理科研究《けんきゅう》は押《お》し花《ばな》をすることにした。

ふたりは草花を集《あつ》めに、幼《おさな》い頃《ころ》よく遊《あそ》んだ林の中にふみいった。もうハンモックはない。じゃまになるといってはで足でけっていた切《き》り株《かぶ》がわずかに広場の面影《おもかげ》を残している。ふみいれなくなった広場に雑草や雑木がはびこり、所々《ところどころ》にかわいい草花が顔をのぞかせていた。

みんなで遊んだことがずいぶん昔《むかし》に思える。以前《いぜん》とかわらないのは、蚊取線香《かとりせんこう》を持《も》って出かけてきたことだ。

莉子が奈津に言う。

「わたしは昆虫採集《こんちゅうさいしゅう》のほうがいいんやけどな。なっちゃんには無理《むり》やろな、虫とりはなあ」

「そんなことないで。蝶々《ちょうちょう》とかとんぼとか、うちかて大丈夫《だいじょうぶ》や」

「そっか！　ほんなこれは」

といって、ぬっとだしたものがある。

「わああ！」

奈津は後ろにさがる。よくみると、角をふりあげたかぶと虫だ。

「たけしに持ってかえってやるわ」

持ってきた竹《たけ》かごの下にかぶと虫を入れ、その上から草をかぶせた。

それから草を採集するたびに、莉子は名前を呼《よ》んでいる。「ゲジゲジ」とか

「めつぶし」とか「プリン」とか「じゃが虫」とかという。奇妙《きみょう》な名ばかりだ。

「ほんまにそんな名？」

莉子《りこ》はにまにま笑《わら》っている。

夕食の時間、そのことが話題《わだい》にのぼった。おばさんがいう。

「なっちゃん。本気にしたらあかん。この子な、適当《てきとう》に名前をつけるくせがあるんや。ほらっ、バス停《てい》の前の店な。なんていうか、知ってる？」

「にこにこ屋《や》やろ？」

「違《ちが》うね。吉村商店《よしむらしょうてん》っていうんや。莉子がつけて、よう使《つか》うから、みんなそう呼《よ》ぶんや」

弟のたけしが口をはさんだ。

「ねえちゃんはむちゃくちゃなとこがあるからな、なっちゃん、用心しーや」

「家に帰ったら、ちゃんと調《しら》べるから大丈夫《だいじょうぶ》」

夕食はいつも通りにぎやかだった。

次《つぎ》の日、奈津《なつ》はなかなか起《お》きられなかった。身体《からだ》がだるい。

二階《かい》の部屋《へや》で一緒《いっしょ》に寝《ね》ていた莉子はとっくに起きている。

枕元《まくらもと》にやってきて、早く起きて川へ行こうとさそった。

「明日には帰ってしまうんやろ。行こうよ。なっちゃんはあたしらが泳《およ》いでるのをみているだけでええから」

「わたしは行かへん。暑《あつ》い所《ところ》はあかんのや。りっちゃん、行ってきたらいい」

いつになく莉子は執拗《しつよう》にさそった。部屋にやってきたおばさんがたしなめたので、ぶつぶついいながら階下におりていった。やがて、にぎやかな莉子の声が聞こえなくなった。川へ出かけていったのだろう。

そしてまたうつらうつらと眠《ねむ》った。

どれぐらい経《た》ったかわからないが、奈津は目をさました。

水を飲《の》みに下へおりる。おりたところは結構《けっこう》広い畳《たたみ》の部屋で、場違いな感《かん》じのクリーム色のソファが置《お》いてあった。開《あ》けはなたれた障子《しょうじ》の先は台所へ続《つづ》く廊下《ろうか》だ。奈津はめざとく、廊下に無造作《むぞうさ》に置いてあるまるい入《い》れ物《もの》をみつけた。蚊取《かとり》線香《せんこう》入れだ。

莉子が帰ってきている様子《ようす》もない。

――蚊取線香《かとりせんこう》、持《も》っていかなかったんやな。

奈津《なつ》はみょうに気になった。だが頭が痛《いた》い。あしどりもふらふらとする。また二階《かい》にあがって、横《よこ》になることにする。

ここは莉子《りこ》の部屋《へや》なのだ。帰ってきたら、一番にあがってくるはずである。

それからまた奈津はひと眠《ねむ》りする。

莉子の部屋の窓《まど》からは家の玄関《げんかん》がよく見えた。家にやってくる人の声や車の音もよく聞こえる。

奈津は人の声やいそがしく行き来する足音で目をさました。

誰《だれ》かが走ってくる足音や戸を開《あ》けたり閉《し》めたりする音や、ときおりわめき声がまじる。

「何?」

その中にお母さんの声がした。

「お母さんが来てる?」

重《おも》い身体《からだ》を起《お》こして、窓までひざで歩いていった。窓からのぞいた玄関まわりは、さっきとはうってかわって静《しず》かである。

「さっきのは何の音？」

奈津の背中《せなか》を冷《つめ》たいものが走る。

――何かあったんやろか……。

奈津は階下におりることにした。ふらつく足を片方《かたほう》の手でおさえ、もう片方で手すりを持って階段《かいだん》をおりた。おりたところはソファーの置《お》いてある部屋だった。

莉子が帰ってきていた。ソファーの前にふとんがしいてあって、そこに莉子が寝《ね》かされていた。洗《あら》いたてのようにしめった髪《かみ》が、ろう人形のような莉子の頬《ほお》にかかっている。

――なんで？　こんなとこで寝てるの……。

いつものりっちゃんとまるで違《ちが》う。

奈津の足は一瞬《いっしゅん》けいれんを起こして動《うご》かなくなった。足というのではない。意《い》識《しき》がとまり、思いが停止《ていし》し、あらゆるまわりの景色《けしき》が動《うご》かなくなった。

――りっちゃんに何がおこったん？

お母さんが近づいてきて、肩《かた》にそっと手を置いた。とたんに奈津はことのなりゆきを察知《さっち》した。

――りっちゃんは死《し》んでいる。

自分が発作《ほっさ》を起《お》こすとき、いらだち、得《え》たいのしれないものの到来《とうらい》を感《かん》じ恐《おそ》れた。どうしょうもなく怖《こわ》くて眠《ねむ》れない時があった。自分以外《いがい》の人にも等《ひと》しくかかっていることなど、思いもしなかった。ましてこのりっちゃんに……。いつだって真夏《まなつ》の太陽《たいよう》のように輝《かがや》いていたこのりっちゃんに……。とんでもないことだった。あるはずのないことだった。

奈津《なつ》はお母さんのスカートをぎゅっとにぎりしめた。

おばさんが玄関《げんかん》から声にならない声をはりあげて入ってきた。お母さんはあわてておばさんのほうに行く。

奈津は、泣《な》き悲《かな》しむ人たちの姿《すがた》をまるでテレビドラマのひとこまのように見ていた。

親戚《しんせき》の人たちが集《あつ》まりはじめた。

部屋《へや》のすみに蚊取線香《かとりせんこう》入れが置《お》いてあった。奈津は夢遊病《むゆうびょう》のようにふらふらと歩いて、線香をとりあげた。そばに置いてあったライターで火をつける。自分が何をしているのかはっきりしない意識《いしき》の中で、火のついた蚊取線香をもちあげ、それを莉子《りこ》の枕元《まくらもと》に置いた。

——りっちゃんは蚊にかまれやすいんや。みんなに好《す》かれるから、蚊にまで好かれて困《こま》るんや。

顔の近くに持《も》っていく。赤い小さな火から、ゆらゆらと煙《けむり》がたった。

近所《きんじょ》の人がやってきて、

「ここに仏《ほとけ》さんの線香台をおくからね。これ、むこうへやるよ」

といって、蚊取線香をよけようとした。

とたんにヒステリックな声が飛《と》んできた。おばさんだった。

「そのままにしといてください！　この子は蚊にようかまれますんや！」

近所の人があわてて蚊取線香をもとの位置《いち》にもどした。

蚊取線香の匂《にお》いが胸《むね》を突《つ》く。激《はげ》しく咳《せき》がでる。

せきこみながら、奈津は「りっちゃん、りっちゃん」と叫《さけ》んでいた。

——いつまでも一緒《いっしょ》やと思ってた。ほんまはあんたにいっぱいいっぱい感謝《かんしゃ》してたんやで。ありがとう思ってたんや！

蚊取線香の煙があたりをおおう。充満《じゅうまん》する煙の中で、奈津は目を開《あ》けていることができなくなった。

そして目が覚《さ》めた。

「え?」

目の前を、細い煙《けむり》がゆらゆらとゆれている。

奈津《なつ》は機械《きかい》人形のように飛《と》び起《お》きた。ふとんからはみ出し、廊下《ろうか》近くまで飛《と》びだしていたようだ。燃《も》え尽《つ》きたばかりの蚊取線香《かとりせんこう》が目の前にある。

「夢《ゆめ》?」

とたんに、言いようのない安堵感《あんどかん》が身体《からだ》をおおう。

「夢やった、夢やった! ああ……、わたし、夢を見てたんや」

だがまだ不安《ふあん》が残《のこ》る。

——ほんまみたいやった。ほんまにほんまにリアルやった!

奈津は夢と同じように、寝間着《ねまき》のまま廊下に出て階段《かいだん》をかけおりた。

あたりはしーんとしずまりかえっている。

「りっちゃん……、帰ってる?」

お昼にはまだ間のあるこの時間だ。おじさんもおばさんも畑仕事《はたけしごと》に出かけている。

「よかったあ……、夢でよかった、ほんまによかった！」

奈津はソファに座《すわ》る。

遠くで救急車《きゅうきゅうしゃ》の音がした。

「救急車……」

その音は川のほうからだった。幹線道路《かんせんどうろ》を走っている。そこには近隣《きんりん》で唯一《ゆいいつ》の救急病院《びょういん》があった。

――川のほうからや……。ああ、どうしょう、正夢ってこともある。りっちゃん、りっちゃん！　死《し》んだらあかん！

ソファーの背《せ》に張《は》り付《つ》いたように、奈津の身体はかたまった。

――わたし、もうごんた、言わへんから。好《す》き嫌《きら》いしないで食べて、苦《にが》くても薬《くすり》も飲《の》む……、頑張《がんば》るからなあ。りっちゃん、夢のようになったらあかん、あかん、あかんのや……。

涙《なみだ》がぐわっとあふれる。のどの奥《おく》がつまって息苦《いきぐる》しい。

と、その時だった。

ココロン
ココロン

どこかで聞いた優《やさ》しい音色だ。

「コスモス畑《ばたけ》で？」

顔をあげると奇妙《きみょう》な子が目の前に立っていた。

緑色のとんがり帽子《ぼうし》をかぶっている。両側《りょうがわ》に長くとんがった耳と太い丸まった角の飾《かざ》りが見える。緑の半袖《はんそで》シャツと半ズボン。白いわたげのようなえりをつけ、シャツの中央《ちゅうおう》に星型《ほしがた》の色とりどりのボタンが七個《こ》ついていた。

オニロンだ。

奈津《なつ》は、言いようのないうれしく懐《なつ》かしい気持《きも》ちでいっぱいになった。

オニロンは一生懸命《いっしょうけんめい》、魔法《まほう》の唄《うた》を唄う。

ココロン

ココロン
輝《かがや》く大空
きらめく星
ここに
ここに

ココロン
ココロン
広がる大地
深《ふか》い海
ここに
ここに

ココロン
ココロン

喜《よろこ》び踊《おど》り
楽しみ唄《うた》い
ここに
ここに

ココロン
ココロン
君《きみ》は愛《あい》されている
君を愛している
ココロン
ココロン

だが、奈津《なつ》の耳にはやっぱり「ココロン、ココロン」としか聞こえなかった。

心地《ここち》よい音と楽しそうに踊っているオニロンを見ながら、奈津は思う。

「これって夢《ゆめ》？　それとも現実《げんじつ》？」

ドドドドー
ドドー――

誰《だれ》かが勝手口《かってぐち》にある板《いた》をわざと踏《ふ》んで入ってきた。

けたたましい音だ。

奈津は驚《おどろ》いて立ち上がる。

声のするほうにむかう。

薄暗《うすぐら》い土間で、莉子《りこ》が顔を隠《かく》すほどの大きなすいかをかかえて立っていた。そして、

「わあ、なっちゃん！　起《お》きてるんやあ。ほな、川にいけるなあー」

と言った。いつもの元気な声だ。

板間《いたま》にぼんやり立った奈津は、莉子と一緒《いっしょ》なら川へいってもいいと思った。いや、行きたいと思った。

「いいよ」

「オッケー。すいか、ひやしとくからな」

莉子は土間を抜《ぬ》けて、裏口《うらぐち》へかけていった。

奈津《なつ》と莉子《りこ》はそれから、一緒《いっしょ》に川へ出かけていった。
後ろから、オニロンがあの大きな目を線にして笑《わら》っていたことを誰《だれ》も知らない。

完

あとがき

ここに描かれている作品を文章化しはじめたのは、幾十年も前、三〇代後半から四〇代の頃なのだ。子育ての真っ最中の忙しい時期だった。時間に追われる毎日だったが、周りの子どもたちや、自分自身の娘、息子の行動が面白く、幾つも動きを書き留め、暇をみつけてはなんとか話にまとめていた。ちょうど同じ頃、鬼に興味を持ち始め、それもまた暇をみつけては鬼の話を読んだり書いたりするようになった。同時進行で、子どもたちと鬼たちに興味を持ったせいか、子どもたちが泣きわめき暴れたりする姿の中に、しばしば鬼の心をみた気になった。

どうにも出来なくなった時、自分を責めたり、周りの人がはるかに優れていると思えて落ち込んだり、その反対にえらそばったりする。どの子も一生懸命だし、いい子でいようと頑張っているのに、なぜか突然、怒り出し、わめき出し、いらいらしたり、悪いことをしたりする。

いや、子どもたちだけではないかもしれない。人は皆、「生まれた時から」やがて「この世を去る直前」まで、鬼心を等しく持って生きているのではないか？　そうであるとしたら、考え方を少し変えれば、この暴れる心を持つこと自体が、人としての生き方に目覚めている証なのではないか？

そしていつの頃からか、不思議に思うことが生まれてきた。

かつて鬼心そのままに暴れる威勢のいい子だった私が、今は我が子の無茶ぶりが愛おしくてならない。きっと私の父母もまた子どもだった私を愛おしく思い、背後から応援してくれていたのだろう。だが、それらを示す証拠は何ひとつ残っていない。

その上、子どもだった私は自分にむけられた沢山の優しさや励ましには全く気がつかなかった。

子どもの話を書いてきた私は、その世界を描いてみたくなった。だがとても難しくてなかなか手が着けられない。年を重ね、ふと思い立ったのが、「普段思っている通りに書いてみたらいいかもしれない！」だった。

子ども時代、どんなに多くの人たちが愛の眼差しでみつめてくれていたかを、どんなに大事にされていたかを、温かな手の温もりや何気ない笑いで、いらだった鬼心をどれだけ多く引っ込めてくれていたかを、描いてみたいと思った。

私の能力では、子どもたち周辺のほんの少しの「愛」の片りんしか描けない。だが、「愛」はこれからも、人と人とのつながりから、多くの生きものとのかかわりから、大自然とのかかわりから、さらにこれからはじまっていく宇宙とのかかわりから、あらゆるところから生まれ育まれ続けていくのだと思う。そして、人の心に巣くう鬼心をコントロール出来るとしたら、愛されているというしっかりとした自覚と、愛しているという強い決意が必要なのではないかと考えるこの頃である。

「おによろし」「おにしずく」に続き、このたび「おにごころ」を出版してくださった「てらいんく」、佐相美佐枝様、心に残る素敵な絵を描いてくださった「かすみ画房」、かすみゆう様にお礼申し上げ、心より感謝したい。

二〇二三年初夏

畑中弘子

畑中弘子（はたなか ひろこ）

奈良県生まれ。神戸市在住。日本児童文芸家協会会員。世界鬼学会会員。「プロミネンス」「プレアデス」会員。

主な著書に『鬼の助』『におよろし』『おにしずく』（てらいんく）、『わらいっ子』（講談社）、『ワルルルさん』（くもん出版）、『地震がおきたら』（BL 出版）などがある。

HP『ピッポ・ポおはなし村』（http://www7b.biglobe.ne.jp/~h-hiro/）

かすみ ゆう

イラストレーター。かすみ画房主宰。
1956 年 5 月生まれ 双子座 O 型 八白土星 男
紙製品メーカーの企画デザイン室にてデザイナーの後、1987 年フリーランスイラストレーターとして独立。1999 年夏、現住所にイラスト・オフィス かすみ画房を開設。また、モード学園にてパソコン、CG の指導にもあたる。2005 年、脳出血に倒れ、利き手の左半身麻痺となるが、リハビリにて快復、現在に至る。
主な仕事　児童図書、月刊誌、カット集等のイラスト作画（小学館、PHP、登龍館等）。web 掲載用イラスト等、作画。

おにごころ

発行日　2023 年 8 月 10 日　初版第一刷発行
著　者　畑中弘子
装挿画　かすみゆう
発行者　佐相美佐枝
発行所　株式会社てらいんく
〒 215-0007　神奈川県川崎市麻生区向原 3-14-7
TEL　044-953-1828　FAX　044-959-1803
e-mail　mare2@terrainc.co.jp
印刷所　モリモト印刷株式会社

ISBN978-4-86261-179-6　C8093
定価はカバーに表示してあります。
落丁・乱丁のお取り替えは送料小社負担でいたします。
購入書店名を明記のうえ、直接小社制作部までお送りください。